ボクは光の国の転生皇子さま！

～ボクを溺愛すりゅ仲間たちと精霊の加護でトラブル解決でしゅ～

撫羽

イラスト
nyanya

登場人物紹介

ルー

光の精霊。主人公リリに加護を授けている。精霊の中でも人型になれる希少な高位の精霊。ちょっぴり面倒くさがり屋だが、実は目立つ事が好き。頼まれると無下にはできない。おだてに弱く、少し人間臭いところがある。白い羽と豊かな尾羽がご自慢。

リリアス・ド・アーサヘイム

アーサヘイム帝国第5皇子。3歳。第3側妃の子。通称リリ。湖に落ちた時に、55歳の小児科医だった事を思い出す。希少な光属性を含む全属性魔法が使える。好奇心旺盛でしっかり者だが、時々とんでもなく呆けだす時がありリュカを困らせる。りんごジュースを一気飲みして、よくニルに叱られている。

ニル・ナンナドル

リリアス付きの侍女。18歳。父は皇帝付きの側近。黒髪に金眼のクールビューティ。リリを初めて抱っこした時にその可愛さに心を奪われリリ付きを志望する。実は、侍女服の下に暗器を忍ばせているらしく、その実力もかなりのものらしい。侍女服の胸のリボンがお気に入り。

オクソール・ベルゲン

リリアスの専属護衛騎士。22歳。希少な獅子の獣人。『ナイト・イン・オヴィディエンス』という上級騎士の位を叙任されており、その卓越した戦闘センスで、リリアスの周辺を堅く守る。クールなふりをしているが、笑い上戸。実は歳の離れた婚約者と上手く話せる様、星に願いをかけているとかいないとか。

オージン・ド・アーサヘイム

アーサヘイム帝国皇帝。43歳。光属性を持つ。リリだけでなく、子供達全員を愛する温厚な父親。だが、時として優柔不断な面もあり、次男のクーファルに時々注意をされている。

リュカ・アネイラ

19歳。希少な狼の獣人の中でも最も希少な純血種。リリに命を助けられ、志願してリリ付きの護衛兼従者見習いとなる。よくリリと一緒に叱られている。リリのヒマ友。

フレイ・ド・アーサヘイム

第1皇子。21歳。皇后の子。次期皇帝。ちょっとやんちゃなお兄さん。政務を抜け出し、剣の鍛練をしたりリリに会いに行ったりして、よく次男のクーファルに叱られている。

エイル・ド・アーサヘイム

第3側妃。24歳。リリアスの実母。光属性を持つ、元侯爵家のご令嬢。見かけによらず勝気で怖いもの知らずな面もある。リリの好奇心旺盛な性格はこの母似だと言われている。

フィオン・ド・アーサヘイム

第1皇女。17歳。皇后の子。リリアス大好きお姉ちゃん。リリアスが好き過ぎて、時々暴走して自分の部屋に連れ込んだりしてしまう事もある。初恋の人がいるらしい。

クーファル・ド・アーサヘイム

第2皇子。19歳。皇后の子。文武両道、第1皇子の補佐をしている。兄弟の中ではフォロー担当。実は兄弟で1番モテる。度々、令嬢に追いかけられたりしている。その為か、少々女性不信気味。

フォルセ・ド・アーサヘイム

第4皇子。11歳。第2側妃の子。芸術が好き。今は彫刻とバイオリンに凝っている。リリから妖精さんと言われる程、兄弟の中で1番可愛い。

テュール・ド・アーサヘイム

第3皇子。14歳。第2側妃の子。魔術や勉学よりも剣が好き。弟と仲が良い。女の子の気持ちにはかなり疎く、好かれていても全く気がつかない。

フォラン・ド・アーサヘイム

第3皇女。13歳。第1側妃の子。お洒落が好きで少しおませな皇女。黄色とピンクが好き。ふんわりしたリボンも大好きで、姉のイズーナに、リボンへの刺繍を教わっている。

イズーナ・ド・アーサヘイム

第2皇女。16歳。第1側妃の子。大人しく控えめな皇女。いつも読書をしているか刺繍をしている。目立たないが、頬に少しそばかすがあるのをコンプレックスに思っている。

リーム・フリンドル

リリアス専属シェフ。29歳。自称、戦うシェフ。実は元騎士団副団長。いつもエプロンの上に剣帯をつけている。リリアスに作りたてを食べてもらいたくて、状態保存の魔法を覚えた。

レピオス・コローニ

皇子担当の皇宮医師。50歳。スキャンという状態を把握する魔法が使える。レピオスの調合した薬湯はよく効く。茶葉を調合するのも得意で美味しいと評判だ。リリから心の友と思われ慕われている。

アーサヘイム皇家家系図

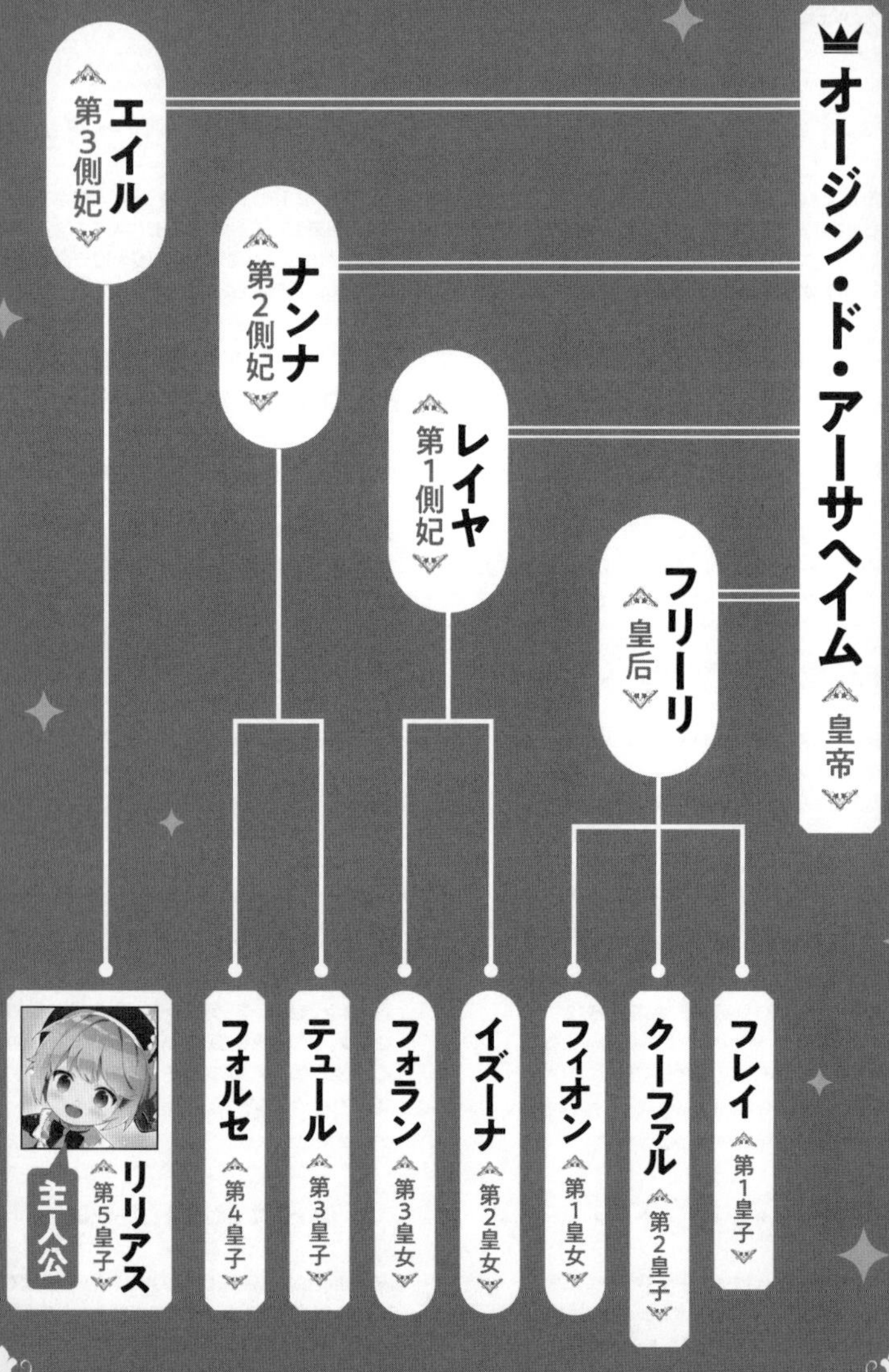
オージン・ド・アーサヘイム
皇帝
フリーリ
皇后
レイヤ
第1側妃
ナンナ
第2側妃
エイル
第3側妃
フレイ
第1皇子
クーファル
第2皇子
フィオン
第1皇女
イズーナ
第2皇女
フォラン
第3皇女
テュール
第3皇子
フォルセ
第4皇子
リリアス
第5皇子
主人公

CONTENTS

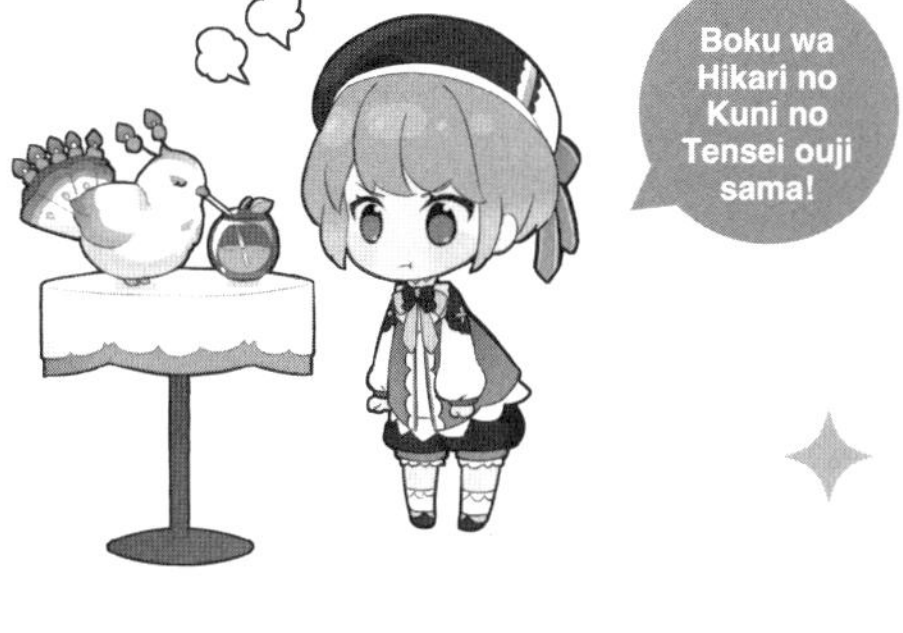

Boku wa Hikari no Kuni no Tensei ouji sama!

プロローグ

日本のとある地方都市。

高層ビルの代わりに、植樹された樹々が沿道に立ち並ぶ広い幹線道路を渋滞もなくゆったりと車が流れて行く。

一日中降り続く梅雨時の雨の中、流れに沿って走る車が1台。ごく一般的な普通自動車。実用性を重視しているのか、決して大きくはないハイブリッド車だ。

段々と雨足が強くなり、バケツをひっくり返した様に降る雨で、ワイパーがあまり役に立っていない。


「雨スッゴイ降ってきたなぁ……早く帰ろう」

俺は、地方の比較的のんびりした中規模都市に住んでいる、ごく普通の小児科医。55歳だ。何処にでもある中規模病院の、何処にでもいる勤務医だ。

外科医の妻に、現役医大生の息子が2人いる。ちなみに恋愛結婚だ。

『いい加減にハッキリしないと見限るわよ！』と交際5年目に爆弾を落とされて28歳の時に結婚し

た。うん、いい奥さんだ。

今日は、夜勤明けからそのまま救急で、高熱を出して運ばれてきた子の処置をしてやっと帰る事ができた。

そんな事もあり、少し近道をしようと、湖を横断する橋に車を向けて自宅へ急いでいた。勿論、安全運転でだ。

明日は俺や妻も休みを取っていて、俺の母親や姉と息子達も一緒に父親の墓参りの予定なんだ。

父親は丁度10年前に78歳で亡くなった。

父親は生涯町医者だった。

俺の実家は、郊外に昔からある住宅地で医院を開業していて、3歳上の姉が後を継いでいる。

あの元気で賑やかだった父が、末期になるまで癌に気付かず呆気なく逝くなんて、正に医者の不養生だ。

豪快で医者らしくない先生、と近所では言われていた。が、頼りにされ慕われていた。

父は絶対に命を諦めない医師だった。最後まで病と向き合い患者に寄り添った。

そんな父親を見て育った姉や俺も、医師以外の選択肢は考えられなかった。

ま、俺は一度獣医になると言って父に活を入れられた事があった。

「お前は馬鹿か？　アマアマかよ、アマちゃんか？　獣医と言うのは、動物が好きだから可愛いからって気持ちだけでやっていける様な甘い職業じゃないんだぞ。人間が元気じゃないと、ペットどころじゃないぞ。動物達も不幸になるんだぞ。人も動物もどっちも守れる医者になってやろう位の気概はないのか？」

と、言われた。無茶振りだよ。人も動物もどっちもなんて、意味が分からない。

人其々《それぞれ》考え方はあるだろうが、俺はその言葉で妙に納得してしまった。要するに、その程度だったと言う事だ。

俺の、優柔不断な軽い気持ちを父は見抜いていたと言う事だろう。

父だけでなく姉や妻も医者と聞くと、さぞかし立派な人間だと思うかも知れないがそんな事はない。

スーパードクターでもない。イケオジでもない。ごく普通のどこにでもいる55歳のおじさんだ。

妻に言わせれば、少々面倒臭い奴らしい。母親と姉に可愛がられて育った、単純で子供みたいな大人が小児科医をしているとも言われた。こんな純な男を捕まえて酷い言い草だ。

「そう言えば、最近父さんに似てきたと母さんが言ってたなぁ。気をつけろとも言っていたか。何に気をつけるんだよ。でもあの父さんの息子だからなぁ」

俺の車が、湖を横断する橋に差し掛かった時だ。

前方からまるで悲鳴の様なクラクションの音がしたと思ったら、正面からセンターラインを越えて大型トラックが突っ込んで来た。大雨でタイヤがスリップでもしているのか!?

湖に掛かった橋の上、しかも片側1車線。逃げ場がない。

おいおい冗談じゃない！　どうにか回避しようと、必死でハンドルを切る！

「何だよあのトラック！　どうなっているんだ！」

狂ったようなクラクションと共にトラックが目の前にまで迫ってきた。同時に激しく揺さぶられる衝撃が体を突き抜けた。

「うわっ！」

そのまま俺の車は、大型トラックと接触し弾き飛ばされ、橋の欄干を壊しながら湖面目掛けて真っ逆さまに落ちて行った。

車体がどんどん湖に飲み込まれて行く。車の中にも水が入り込み、車体は湖に沈んで行った。

真っ逆さまになった事で頭を強打し、衝撃でエアバックが出た。身体はシートベルトで固定され、思う様に身動きが取れない。その上、湖の水が車内に入ってきた事で息が続かない。

ああ、あちこち痛い！　ゲホッ、肺をやったか!?

意識が朦朧としてきた。

俺、死ぬのか？　落ち着け。

妻は大丈夫だ。彼女はいい奴だからきっと周りも助けてくれる。

息子は……2人共しっかりしているから、ちゃんと卒業してくれるだろう……

すまない、お前達の母さんを頼むよ。大事にしてやってほしい。

そう言えば昔母さんが、湖には近寄るな、て言ってた。なんだったかなぁ？

妻よ、息子達、母さん、それと姉さん、すまないな。俺、死ぬみたいだ……

――ザバーーン！！！！

此処はアーサヘイム帝国北東部にある、ミーミユ湖。

高い樹々に囲まれた聖なる湖と言われている。

その湖に、小さな小さな男の子が突然投げ出された。静かな湖にザバンッと大きな水音が響き渡った。

「ゴフッ……！」

小さな男の子は湖の底へとどんどん沈んで行く。

『あれ？　湖に落ちて……どうやって車の外に出たんだ？　え……？　ドンッてなった、なんで……？　えっ？　水の中？　俺、車に乗っていたよな……？』

『君はとっても変わった魂だね。珍しい』

突然、頭の中に声が聞こえてきた。

『え……？　だれ？　あれ……？』

「殿下!!」

男の子の護衛らしき男性が、直ぐ様弾けるように飛び込んだ。水しぶきが勢いよく飛び散る。

『何だ？　誰かが呼んでる……息が苦しい……ボク……？　え、ボク……？』

飛び込んだ男性が、水の中で男の子の身体を掴みしっかりと抱え、湖面目掛けて一気に上がって行く。

小さな男の子を抱えて湖から上がってきた。

侍女らしき女性が大慌てでブランケットに小さな男の子を包み込む。護衛らしき男性と侍女らしき女性が2人で呼びかけながら、男の子を寝かせて水を吐かせようとしている。

「殿下！」

「殿下！　殿下!!」

――ゴボッ！　ゴホッ、ケホッ！

「よし、大丈夫だ！　水を吐いた！　部屋へ運びます！」

護衛らしき男性がブランケットに男の子を包み抱えて走って行く。

その後ろを侍女らしき女性も追いかけて走って行く。

第1章 皇女姉妹

暗い闇の中、意識が朦朧として目が開いているのかさえ分からない……
感覚がない、痛みがない……
身体が浮いているのか？　此処は何処なんだ？
俺は死んだんじゃないのか？
……て、ボクって何だ？　いくつだよ。
あ、3歳か。えっ？　3歳？
何言ってるんだ？　50過ぎると勘違いするようになるのか？
いやいや、そんな訳ないだろう。夢でも見ているのか？
頭の中にまたあの声がした。
『君は前世を覚えているんだね』
誰だ？
闇の中に白く丸く光るものがフワフワ浮かんでいる。
もしかしてこの光が喋っているのか？

『僕は光の精霊。湖に落ちた君を見つけたんだ。変わった魂だなーて思ったら、君は転生者だったんだね』

白く光っていたものが、まん丸から鳥の様な形に変わっていった。

光の精霊……？　転生者……？　俺が……？

『そうだよ。湖が繋がったのかな？　珍しいね。そのままクルッとこっちの世界に転生したみたいだね』

転生……？　流行りのアニメか？　ラノベか？

そんな非現実的な事があるのか？

『君は沢山の人を救っているんだね。うん、僕は気に入ったよ。そんな魂は貴重だよ』

あー、医者だったからかな？　それが仕事なんだよ。

『だからかな？　君は回復魔法が使えるみたいだ』

魔法？　そんな馬鹿な。魔法なんてある訳ないだろう。

『この世界ではあるよ。本当は、まだ思い出すには早すぎるんだけど、仕方ないよね。早く目覚めてね。ゆっくり話をしよう』

え……？　何？

『今はまだお休み』

鳥の様な形をしたものが、額に小さな嘴《くちばし》をチョンとつけた瞬間に、身体が光った……様な気がした…………

「ん……ありぇ？　ここはどこ？」

俺はゆっくりと重い瞼を持ち上げ、長い睫毛越しに部屋を見回した。

「ゴホッ……！」

見慣れない天井だ……湖の別邸に来ていて、にーさま達と湖で遊んでいて……？

えっ？　兄様？　違うよ？

車が……？　あれ？　違う？

俺……？　ボク……？

ありぇ？　わかんないや……


「ケホッ……」

「殿下、気が付かれましたか？　まだお熱が高いです。薬湯は飲めますか？」

そばに付いていてくれたんだろう。目を開けると侍女らしき女性が声を掛けてきた。えっと、名前が……

「ニリュ……？」

「はい、殿下。ニルですよ。殿下は湖に落ちたのですよ。覚えておられますか？」

「うん……」

「薬湯を飲んで、まだお休み下さい」

そう言って俺の上半身を支えながらそっと起こし薬湯を少しずつ飲ませてくれる。

「ングッ……にぎゃいぃ……」

「薬湯ですからね」

「ニリュ……」

俺はまだ熱のせいか眠い。

眠ってしまいそうな目で部屋を見る。少し離れたところに控えていた男がニルに尋ねた。

「どうだ？」

この男は、いつも俺を護衛してくれている騎士だ。

「オクソール様、また直ぐに眠られるでしょう。かなり熱が高いですからね」

「そうか……殿下を頼む」

「はい。畏まりました」

そうニルに声を掛け、オクソールと呼ばれた男は部屋を出て行った。


「ケホッ……」

俺は大きくて豪華なベッドの中にいる。羽毛かな？　布団もふかふかだ。天蓋付きのベッドなんて初めて見た。確実に俺の家のベッドじゃない。

「コホコホ……」

喉が痛い。頭も重い。と、突然頭の中に映画を早送りする様に映像が流れ出した。小さな可愛い皇子の記憶だ。

意識がついていかない。夢と現実の中間にいるみたいだ。

俺は重い瞼を開けて、自分の両手を見てみる……手が小さくてプクプクだ。

頬を触ってみる……ほっぺがプニプニ。

髪は……？　サラサラフワフワなグリーンブロンドの髪。

嘘だろ……！　ああ、本当なのか…!?

リリアス・ド・アーサヘイム、皆からはリリと呼ばれている。

アーサヘイム帝国第5皇子で現在3歳の末っ子だ。

……

…………

……………

確かに小さな皇子の記憶がある……

55歳の普通のおじさんだった俺は、事故で湖に落ちて3歳の皇子に転生した…………らしい。

外科医の愛妻がいて、医大生の息子も2人いて、現役小児科医のおじさんが、3歳の皇子に転生した!?

イヤ、待て！　ちょっと待ってほしい！　いくらなんでも無理がある！
中身55歳のおじさんなんだよ！
待て待て、本当なのか!?
見た目は子供にしても程々ってものがあるだろ！　3歳なんて無理がある!!
あぁ、頭がクラクラしてきた。
「ケホッ……！」
湖に落ちたらしいから、風邪でも引いたのかも知れない。
喉が痛いし寒気もする。
「コン……コホッ……！」
額に自分の小さな手を当ててみる。
まだ熱があるなー。あー、辛い。頭が回らないし、もう少し寝よう。
そうして俺はまた眠りについた。

まだ頭がボーッとしている……喉が痛い……

「ケホッ……ケホッ……」

「殿下、苦しいですか？」

きっと付きっきりで看病してくれているのだろう。侍女が声をかけてきた。

「ニリュ……おのどいたい……」

「薬湯のお時間です。飲めますか？」

「いや…にがいもん」

「殿下、お熱が高いので頑張って飲みましょう」

侍女に上半身を支えられてゆっくりと身体を起こし、出された薬を飲む。

「ん……うぇ……」

「まだお休み下さい。ニルはおそばにいますからね」

こうして、ボク？　俺？　は5日間も寝込んだらしい……

「ニリュ……」

俺は『ニリュ』と呼んでいるが『ニル』と言う。俺付きの侍女だ。

いつもそばにいる記憶があるから、多分俺が赤ちゃんの頃から世話をしてくれているのだろう。

黒髪を後ろで1つに編んで纏めていて、金色の瞳が印象的だ。

3歳の俺はまだ発音が辿々しい。特に『ら行』がうまく発音できていない。幼児特有の舌足らず

な喋り方だ。

だから『ニル』が『ニリュ』になってしまう。

「殿下、目が覚めましたか？　良かったです」

ニルがそう言うと、部屋の中で控えていた騎士が話しかけてきた。

俺が寝ているベッドのそばに来て片膝をつく。

「殿下、私が一瞬おそばを離れたせいで、申し訳ありません」

「オク……だいじょぶ。ボクがわりゅいの。オクわりゅくない」

『オク』と呼んでいるのは『オクソール』。

オクソール・ベルゲン。俺の専属護衛の騎士だ。俺を助けてくれたらしい。

しかし、本当に喋りにくいなー。

3歳児てこんなだったか？　言葉が辿々しすぎないか？

「リリアス！　目が覚めたかい？」

「とーしゃま」

「良かった！　一時はどうなる事かと」

俺の……いや、今ボクの身体を抱き締めているのは父親で、この国の皇帝。

オージン・ド・アーサヘイム。

淡いブロンドの髪に、青空の様な澄んだブルーの瞳。

腰まであるストレートの長い髪を靡《なび》かせて歩くと、城のメイド達が皆見惚れて仕事にならないらしい。

何故かこの皇帝一家、かなりの美形揃いだ。

兄達や姉達もなかなか素晴らしい。

皇家の血筋だそうだが、元日本人で平凡な俺にとっては見慣れない。あの髪色は目がチカチカする。

しかしこの皇帝って一体何歳なんだよ。


今の俺がいる国の事を思い出してみよう。

この国、アーサヘイム帝国は北に聳《そび》えるケブンカイセ山脈から流れ出る３本の大河の内２本に挟まれた東の大国。

西端はリーセ河、東端はノール河。どちらも、南端のボスコニ湾に流れ込んでいる。

ケブンカイセ山脈から流れ出る山の雪解け水や湧水が流れ出し大河となっている。

そこから引かれた農水路は、大陸に恵みをもたらしている。

大河が流れ出ているボスコニ湾には港も作られていて、山の養分がたっぷり溶け出した大河のお陰で海の幸も豊富だ。

そして大陸の北東側に、山の湧水が地下を流れ湧き出しているミーミユ湖がある。山の雪解け水も複数の小さな流れを作り川となって流れ出していて、ミーミユ湖からまた支流を作って大陸を流れている。

高い樹木に囲まれた小さな湖で、高い透明度と魔素濃度の高さが特徴だ。

濃い魔素の影響で、湖の周りには希少な薬草が生息している。

妖精や聖獣の水飲み場になっている聖なる湖として昔話に出てくる事でも有名だ。

現在は皇家が直接管理している地の1つだ。妖精や聖獣なんて見た事もないが。

俺は、その湖に落ちたらしいんだ。

此処は、その落ちた湖にほど近い皇家所有の別邸だ。

城からは、馬車でのんびり走っても朝出れば夕方には到着する静養や避暑には程よい距離だ。

山と湖や森が近いだけで、随分と過ごしやすい気温になる。

俺はそこへ兄2人、姉2人と一緒に泊まりに来ていたんだ。

このアーサヘイム帝国の皇家には、建国当時からの言い伝えがある。

必ず1人は光属性を持つ者を皇家に残す事。これは、光属性を持つ者を皇族の籍に留めると言う意味で、決して次期皇帝にと言う訳ではない。これは、兄弟の一番上の兄が次期皇帝だと決まっている。

例えば、俺なら婿養子になる選択肢はないと言う事だ。生涯、皇族の籍から出ることはない。

それに依って、光の神の加護を受け繁栄していると信じられている多種族多民族の大国だ。

別名『光の帝国』。

現皇帝も光属性魔法に適性がある。そして魔力量も多い。

勿論、皇家以外でも光属性を持つ者は存在するが、皇家の光属性は何かが違うらしい。俺はまだ良く知らない。

しかし、現在の皇后から光属性を持つ子は生まれなかった。

そこで側妃を娶《めと》ったが、第1第2側妃共に光属性を持つ子は生まれなかった。

いよいよ困った皇家は、元々光属性を持つ侯爵令嬢を第3側妃に娶った。

そして生まれたのが俺、リリアス・ド・アーサヘイム。

第5皇子にしてやっと光属性を持つ子が生まれた。やっと生まれたのだ。そりゃあ、兄弟や両親も大事に可愛がってくれている。歳が離れた末っ子だから余計だ。

だが、長年光属性を持つ子が生まれなかった事もあって、皇帝である父の敵は少なくない。

やっと生まれた光属性を持つ子だと言うのに、俺を疎ましく思う者がいる。

なにも皇家の光属性に限らなくても、うちの娘や息子だって光属性を持っている。それで大丈夫じゃないか。と、考える奴等らしい。

多民族国家には、紛争が付き物だ。

だから俺は生まれてから何度も命を狙われてきた。それを踏まえて専属護衛の騎士がついている。

湖に落ちた俺を助けてくれたオクソールだ。

伯爵家の次男で本人は『ナイト・イン・オヴィディエンス』と言う上級騎士の位を叙任されている。

金髪金眼でこの男も憎らしい程のイケメンだ。

前世の長男位の歳だろうか？　そしてなんと獅子の獣人で、見事な鬣《たてがみ》の様な金髪だ。

この世界、何が驚いたかって魔法の存在も確かに驚いた。

でも、獣人の存在に、何より驚いた！　そして俺は喜んだ！

前世、俺は小児科医だった事もあって、多忙でペットを飼う事ができなかった。

だが俺は好きなんだ。大好きなんだ、モフモフが！

一時は獣医になろうと真剣に悩んだ位だ。あの時は親父の一言で、すんなり納得して諦めたが。

しかし、獣人と言っても普段は人間と全く変わらない。本人の意思で耳や尻尾だけ等、部分的に獣化したり全身獣化したりできるらしい。

そして獣化すると身体能力が跳ね上がるらしい。俺はまだ見た事がない。

その獅子の獣人である専属護衛オクの機転で何度も命を救われたんだ。

今回は、湖に落ちた……じゃないよな？

突き落とされたんだと思うんだ。

だって俺、湖へ落ちる寸前に掴んだんだ。

フワフワした黄色のリボンのお飾り。確かにこの小さな手に持っていた。

湖の中で手を放したのか……？

救い出された時に誰かが取ったのか……？

はぁ……こんなゴタゴタした身分に生まれ変わるなんて。どうするんだ？

しかも、３歳児だよ。なんにも抵抗できないじゃん。

どーしよっかなぁ……

そんな事を考えながら、俺は順調に回復していた。ある日、俺の父である皇帝がやって来た。そして、オクソールを呼び出したんだ。

「とーしゃま！　とーしゃま！　オクはわりゅくないれす！」

護衛のオクソールが父に呼ばれたと聞いて、俺は無理矢理ベッドから抜け出した。

そして、父とオクソールのいる部屋に入って行くなりそう叫んだ。

「リリアス！　まだ起きてきたらダメだ」

「でも、でも。オクをしかりゃないでくらしゃい！」

父の足に両手でしがみ付いて訴える。

「殿下、私は殿下をお守りする事が、できませんでした」

「ちがう！　ちがう！　オクはなんどもボクを守ってくりぇた！」

あー、もう！　喋りにくいなー！　らりるれろが全然言えてない！

「とーしゃま、ボクはオクがいいです！　オクじゃなきゃいやでしゅ！」

父に抱き上げられながら、しっかり目を見てそう訴える。

オクソールの機転で俺は命を救われたんだ。護衛騎士を変えるなんて嫌なんだ。

「リリアス……分かったよ。オクソール、今迄何度もリリアスを救ってくれた功績がある。今回の事は咎めない。しかし、調査してくれないか？　リリアスが湖に落ちたのは、本当に事故なのか。徹底的に調べてほしいんだ」

「はっ！　陛下。畏まりました」

「リリ、父様は直ぐに城へ戻らないといけない。リリはもう少し元気になるまで此処で静養していなさい。大人しくしているんだよ」

父が俺の頭を撫でながら、心配そうな目をして見ている。

「はい、とーしゃま。ありがとごじゃます！」


「殿下、お守りできず申し訳ありません」

部屋を出ると、オクソールがそう言ってきた。

「オク、だっこ……」

両手を出すと、オクソールがそっと抱き上げてくれる。

抱っこだよ。抵抗なくできる俺は、やっぱり3歳児だ。

「お部屋までつりぇてって。まだねりゅ。ふぁ～……」

「殿下。まだお辛いですか？」

俺はオクソールに抱っこしてもらい欠伸《あくび》をしながら話す。

「だいじょぶ。お薬のんだりゃねむくなりゅらけ」

「殿下、こちらにいらしたのですか!?　心配しましたよ」

ニルが慌ててやって来た。

「ニリュ、ごめん」

「さ、お部屋に戻りましょう」

「ニリュ、オク。ボクもってなかった？」

眠くて身体をオクソールに預けながら、オクソールとニルに聞いてみる。

「殿下、何をですか？」

「オクが、ボクをたしゅけてくりぇたの？」

駄目だ……眠い……

「はい」

「ボク、手にもってなかった？……きいろいリボンのおかじゃり……」

俺は眠気に耐えられず、そのまま寝てしまった。

その時、オクソールとニルが話していたのが微かに聞こえていたんだ。

「……ニル殿。今の殿下の話はまだ内密に」

「はい、オクソール様」


「ふわぁ～……」

よく寝たよ！　もうかなり良いな。うん、熱ももうないな。

しかしあの薬は何だ？　超青臭いし凄く苦い！

なのによく効くんだよ。ビックリだ。成分を分析してみたいなぁ。

さて、どーするっかなぁ……？


「リリアス殿下、お目覚めですか？　今日は顔色が良いですね。ご気分は如何ですか？」

俺付きの侍女であるニルが、部屋のカーテンを開けながら聞いてきた。

「ニリュ、だいぶげんきだよ」

「お食事できますか？」

「うん、たべりゅ」

ベッドの中でゆっくりと身体を起こす。

ニルはベッドの脇に持ってきてある椅子に座り、食べさせようとしてくれている。

「フーフーして冷ましますからね」

「ニリュ、じぶんでたべりゃりぇりゅ」

ニルからスプーンを取ろうとして手を出す。

「いけません。熱いですから」

「ニリュ、だいじょぶ！」

――コンコン
控えめなノックの音がして、そっとドアが開いた。そこから小さな頭がヒョコッと2つ。

「リリ、どう？」

「テューにーしゃま、フォリユにーしゃま。もうだいじょぶでしゅ」

　3歳の俺がテューにーさまと呼んでいるのが、第2側妃の子で14歳のテュール・ド・アーサヘイム。第3皇子だ。

　ブルー掛かった金髪に紺青《こんじょう》色の瞳。緩いウェーブの柔らかそうな髪をスッキリ短髪にしている。スポーツマンタイプだね。

　もう1人、フォリユにーさまも同じ第2側妃の子で11歳のフォルセ・ド・アーサヘイム。第4皇子だ。

　金髪より淡いブルーブロンドの髪に紺青色の瞳。兄と同じ緩いウェーブの髪を肩まで伸ばして後ろで1つに束ねている。弟の方は超絶可愛い感じだ。

「良かった！」

「なかなか目が覚めないから心配したよ！」

　2人揃ってベッドの脇にやってきた。

「エヘへ、お薬のんだりゃねむくなりました」

「あのお薬苦いよねー」

「フォリユにーしゃまも、のみましたか？」

「うん、お熱が出た時に飲んだよ」

「俺も飲んだ事あるぞ。あれは嫌いだ」

「テューにーしゃま、ボクもきりゃいでしゅ！」

そうだよな。どの世界でも子供は薬が嫌いなのは一緒だな。それにあの薬は本当に苦い。

「リリアス殿下、先に食べてしまいましょう」

と、ニルが言うようにまだ食事の途中だったんだ。２人の小さな兄達は俺のベッドから離れた。

「そうだね、リリ先に食べて。テュール兄さま、また後で来よう」

「ああ、ニル食事中にすまない」

「いいえ、テュール殿下、フォルセ殿下。態々《わざわざ》ありがとうございます」

「にーしゃま、元気になったりゃまたあしょんれくだしゃい」

「ああ、またな！」

「うん、またね！」

結局その後、無理矢理ニルに食べさせられた。俺はちょっと恥ずかしい。

さて、黄色のリボン。どうやって探そうかな？

オクはあれで、分かってくれただろうか？　オクは知らなそうだったから、湖に落としちゃったか？　それしかないよな？

身体が元気になってくると、寝てるだけってヒマなんだ。テレビがないし。スマホもないし。あー、日本の文化や娯楽が恋しいなー。

――コンコン
ノックの音がして、オクソールが部屋に入ってきた。

「殿下、起きておられますか？」

「うん、オク。もうげんきだよ」

まだベッドから出られないけどさ。

「殿下、覚えておられますか？」

「なぁにぃ？」

「黄色のリボンです」

お、ちゃんと分かってくれてるんだね。

「うん。フワフワのおかじゃりね」

「何故、手に持ってらしたのでしょう？」

「取ったの」

「取った？」

「うん。ちゅかんだの」

小さな手をグーにして摑む振りをする。

「落ちる時にですか」

「うん。どんってなったかりゃ、あーってなってぇ、がしってとってぶちって！」

両手を前に出して、また片手で摑む身振りをする。

「ドン……ガシッ……？」

「うん。どん！　てなって……うわっ！　がしっ！　ぶちっ！　てなった」

全然喋れてないじゃん!!　こんなんじゃ伝わらないぞ！　3歳児の俺、頑張れ！

「殿下、ドン、はどこに？」

「どこ？……お背中？　お背中にどんっ！　てなった」

「ガシッブチッは？」

「うわっ！　あー！　てなって、がしっ！　ぶちっ！　てとりぇた」

身振り手振りで通じるか？

「はぁ……」

「で、ばしゃーん！」

と、両手を広げてコテンとベッドに倒れ込む。そして……

「ぶくぶくぶく」

今度はほっぺを膨らませ息ができない振りをしながら、手足も水を掻くようにバタバタさせてみる。

「なるほど、よく分かりました」

オクソール、こんなので分かったのか!?　俺はベッドから体を起こして聞いた。

「オク、本当にわかった？」

「はい、分かりましたよ。では、黄色のリボンを探してきます」

「うん！　オク、おねがいッ！」

俺は短い親指をぴょこっと立てた。

オクソールったら凄いね！　俺なら全然理解できないぞ。しかし3歳児てこんなだったかなぁ？

こんなに喋れないもんなのか？


オクソールに落ちた様子を説明した翌日、俺は当然まだベッドの中だ。

ベッドから出られないから、何もできない。

かなり暇だ。本でも読めたらまだマシなんだけど。

「あら殿下。起きていらしたんですか？」

ニルが部屋に戻ってきた。

「うん。ニリュ、ご本よみたいの」

「殿下がご本ですか!?」

おや？　何故驚くかな？

そうか、あまり本を読んだりしなかったか？　それとも、まだ3歳だからか？

「うん、ヒマなの」

と、大きなベッドの中でコロンと転がる。

「ふふふ、そうですね。まだベッドから出られませんしね。何冊かお持ちしましょうか？」

「うん」

「どんな本が宜しいですか？」

「んー……」

そうだな……此処はやはりアレだろ！

「えっとね、まほーのご本がいい」

「魔法ですか？　殿下はまだ使えませんよね？」

「うん、だからおべんきょうすりゅの」

「まあ、殿下。分かりました。お持ちしますね」

魔法かー。本当に俺にも使えるのか？

「使えるよ。教えてあげようか？」

と、声がしてどこからか鳥が羽ばたく様な音が聞こえた。

「クルックー」

…………え？　何？　鳥か？

いつの間にか部屋の中に鳩の様な鳥がいた。

よく見ると、嘴が薄いピンク色で、羽も身体の大きさの割に豊かで美しい。

頭には冠の様な淡いブルーの冠羽がある。

何より素晴らしいのが、広げたら孔雀の様になるのじゃないかと思わせる豊かな尾羽が、扇状に広がっているところだ。

胸の部分も冠羽と同じ淡いブルーだが、それ以外は全身雪の様に真っ白だ。

これはまた……

「きりぇいらね……！」

思わず手を伸ばすと、俺のまだふっくらとした手の甲に乗ってきた。

「やあ、元気になったね」

「お話しできりゅの？」

「できるよ。僕は光の精霊だからね」

「しゅごいッ！　ボクはリリ」

「リリ、助かって良かったね」

「うん。オクがたしゅけてくりぇた」

「アハハハ！　中身と違いすぎるね」

羽をパタパタさせている。笑っているつもりかな？

「わかりゅの？　もしかして、あの時はなしてきていたのは鳥しゃん？」

「そうだよ。僕は精霊だからね。君は……」

「君じゃなくてね、ボクはリリ」

「はいはい、リリは光の属性を持っているね」

「そうなの。だから、ねりゃわりぇりゅの」

「ねりゃわりぇ……りぇ？」

「ちがぁう、ねーりゃーわーりぇーりゅ」

「ああ、狙われるね？」

「そう、いやなの」

「光属性が嫌なのか？」

「ちがう。ねりゃわりぇりゅのがいや。つりゃい」

「僕が一緒にいてあげるよ。僕が加護を授けたから大丈夫だよ」

「か、かご？　いちゅのまに？」

「リリが寝ている間にね。一瞬身体が光っただろ？」

そんな事あったか？　あった様な……？　ああ、鳥の形をした光が嘴をつけてきた時かな？

「光った気がすりゅ。かごがあっても、ねりゃわりぇりゅ？」

「加護があると、邪《よこしま》なものは君に近寄れないよ。光属性の守りが強くなるんだ。それに、僕もそばにいてあげるよ。そしたら狙われても大丈夫だ。リリは面白そうだ」

「ふーん。ねえ、鳥しゃんおなまえおしえて」

「リリがつけてよ」

んー、名前かぁー。息子の名前を付ける時も妻に即行で却下されたからなー。そうだな……

たしか、何かの神話で太陽神？　光の神？　の事をそう言った筈だ。光の精霊ならピッタリじゃないか？

「るー」

「ん？　何？」

「お名前、るーにきめた！」

ぷっくりとした短い指を立て顔の横でピースした。

そこに、本を両手で抱えて戻ってきたニルが驚いていて見てる。

「リリアス殿下、その鳥は……いつの間に？」

俺の手にとまっている白い鳥を見て驚いている。まあ、当然驚くよな。

「光の精霊さんなんらって」

「光……？　精霊……!?」

あら、ニルが持ってきた本を落として駆け出して行ったぞ？　精霊とか言って本当は違うんじゃないのか？


「リリアス殿下！　光の精霊とは……！」

護衛のオクソールが、ニルと一緒に血相を変えて入ってきた。

「殿下、その白い鳥ですか？」

「うん。るーだよ。きりぇいでしょー」

俺は手にとまっているルーを２人に見せる。

「ニル殿、分かるか？」

「いいえ、私は魔力がそう強くありませんので」

「そうか」

「オクソール様は、お分かりになりますか？」

「ああ、確かに光の波動がある」

オクソールは何でも優秀なんだな。て、光の波動て何だ？

「殿下、その光の精霊……」

「オク、違うの。るーなの」

「ああ、その……ルーですか？　それはいつから？」

「るーが、ボクがみじゅうみへ落ちた時にみちゅけたっていってたよ。でてきたのはさっきなんだ」

「殿下は話せるのですか？」

「うん。あのねー、精霊さんだかりゃ話せりゅんだって。しゅごいよねー」

　そして、俺はルーに２人を紹介する。

「るー、こっちがニリュ。ボクのおせわしてくりぇてりゅの。こっちがオク。ボクを守ってくりぇてりゅの。カッコいいでしょ！」

「オクは獣人なんだね」

「本当に喋った……！」

「オクソール様、私も聞こえました！」

　ね、本当に喋れるだろう？

「ルー様、ニルと申します。宜しくお願いします」

「ルーでいいよ。ニル宜しく。オクも宜しくね」

「ルー様……光の精霊様だと？」

「オク、そうだよ。リリのそばにいる事にしたから。ああ、加護も授けたよ」

「……!!」

２人ともビックリしてるね。そんなになの。

「加護ですかッ!?」

「うん、リリが光属性を持っているのに狙われているんでしょ？　だから、僕も守るよ。光の属性を持つ人間を狙う奴は許せないからね」

「先日、リリアス殿下が湖に落ちたのは事故ではない可能性があります。その証拠を探しているのですが、精霊様はお分かりになりますか？」

「オク……」

思わず首を傾げる。

「はい、殿下。何でしょう？」

「あのね、精霊様じゃなくてね、るーっていうの」

俺は口をとがらせて言った。こういうしぐさは３歳児の特権だ。

「リリアス殿下……か、可愛い！」

ふふふ。ニル、ありがとう。

「畏まられるのは苦手なんだ。普通でいいよ。それに、リリが言う様に気さくにルーって呼んでよ」

「しかし、精霊様をこの目で見るのも初めてで。しかも光の精霊様となると恐れ多く……いえ、分かりました。気をつけます」

「僕も一緒に探すよ。湖に落ちているかも知れないしね」

「有難うございます」

「じゃ、リリ。早速行ってくるよ」

そう言ってルーはオクソールの肩に飛んで行った。

「うん、じゃーねー。おねがいねッ！」

俺はベッドの中から、オクとルーにバイバイする。

そうして、オクソールと光の精霊ルーは、黄色のリボンを探しに行った。

「リリアス殿下、驚きました」

ニルはまだ信じられないといった顔をしている。

「しょうなの？」

「はい、この帝国が光の神に守られているとは言え、光の精霊様を見るのは初めてです」

「ふぅーん、しょうなんだ」

――コンコン

「宜しいですか？」

ノックの音がして、年配の男性が入ってきた。

「はい、宜しくお願いします」

「ニリュ、だぁれ？」

「殿下、覚えておられませんか？　私は殿下を診察致しました、皇宮医師のレピオス・コローニと申します」

おっ、俺の前世の歳と近いな。

嬉しいよ〜、こんな人物がいるんだね。

グレーの落ち着いた色味の髪に藍色の瞳。ストレートの長髪を後ろで1つに編んでいる。

皇子担当の皇宮医師だ。

この色味に年齢。落ち着くよね。親近感が湧いちゃうよ。

「りぇ、りえぴ……」

全然言えてない。言える気がしない。

「殿下、レピオス様です」

だからなんで、『ら行』が多いんだ？

「りぇぴおしゅ」

ほら、やっぱ噛んじゃったよ。

「はい、殿下。だいぶ顔色も良くなられましたね。良かったです」

「うん、ありがと」

「しかし、かなり高い熱が出ておりましたので、念の為もう暫く安静になさって下さい。さて、では診させて頂きましょう」

そう言ってレピオスは俺に近づき両手の平を向けた。

おや、なんだ？　体がフワンフワンする。

「はい、大丈夫ですね。もう熱もありませんね。食事は取れていますか？」

えっ、今ので分かるのか？

「うん、ちゃんと食べた。リェピオス今のはなあに？」

「今のと申しますと？」

「殿下、魔法ですよ。レピオス様は治癒魔法を使えるのです」

「ああ、そうですね。魔法です。殿下に使うのは初めてではありませんよ。今のはスキャンですがね。お身体の状態を見ることができます」

スキャンてあれか！　あのスキャンか。まんまだな。魔法て凄いな。

「おぼえてないや」

「まだお小さいですからね。無理もありません」

「ねえ、リェピオス。ボクにもちゅかえりゅようになりゅ？」

「殿下は、魔法に興味をお持ちですか？」

「うん！　おぼえたいの」

「それはそれは。殿下は光属性をお持ちですから、おできになると思いますよ」

「ほんと？　誰に教えてもりゃえばいいの？」

「そうですね……基本ならオクソール殿でもお教えできるかと」

オクソール、凄いんだ！　彼は何でもできるんだな！

「元々獣人は人間より魔力量が多いのです。しかもオクソール殿は使い方にも長けておられます」

「オクはしゅごいね！」

「そうでございますよ、オクソール殿は凄いのですよ」

「そうなんだ」

「では薬湯をご用意しますので、後程お持ち致します」

「リェピオス、ボクはいや」

と、首を横に振る。

「おや、薬湯はお嫌いですかな？」

「うん、苦いからきりゃい」

「ハハハ、そうですな。苦いですね」

「はちみつとか入りぇたらだいじょぶかも」

「蜂蜜ですか。では、特別に入れて差し上げましょう」

「ありがと！　リェピオス元気になったりゃ、いりょいりょおしえてね」

「なんと、殿下は学びたいと思われますか」

「うん。お勉強したいことがたくさんありゅ」

「素晴らしい事です。私で宜しければ、喜んでお教え致しましょう。今は体力を回復することが最優先です。ゆっくりお休み下さい」

そう言ってレピオスは部屋を出て行った。

いいね〜。こんな人物もいるんだね。落ち着いた大人の雰囲気がいいよ。是非、色々教わりたいよね。

「ニリュ、ご本は？」

「はい、お持ちしましたよ。今、ご覧になりますか？」

「うん、みりゅ」

………て、そうじゃん。何故気付かなかった。

「ニリュ……よめない」

「殿下はまだ3歳ですから」

「字をおしえて」

「まあ、殿下！」

なんで涙ぐむんだ？　俺ってそんなに勉強嫌いだったのか？


ずっとベッドの中で、やる事もなかったから、ニルに根気よく教えてもらい2〜3日もすればだいたいの文字は読める様になった。

英語みたいなもんだね。前世で英検とっといて良かったよ。まさか、この歳でまた勉強するなんて思いもしなかった。でも、若い頭はいいね。どんどん吸収してくれるし、理解も早い。

前世の様なカチンコチンの頭とは違う。脳がまだこれから発達するんだ。

「殿下、お分かりですか？」

「うん、だいじょぶ」

「殿下は、覚えるのがお早いですね」

「そお？　ニリュ、一番やさしいご本をちょうだい」

——コンコン
「リリ、元気になった？」

お、美形兄弟のテュールとフォルセがやってきた。

「テューにーしゃま、フォリュにーしゃま。どうじょ入ってくだしゃい」

「失礼致します。薬湯をお持ちしました」

「あ、リェピオスもうおくしゅり？」

「あれ苦いやつだ」

テュールが、レピオスの持っている薬湯を見て嫌そうに顔を歪めている。

「おや、テュール殿下もお嫌いですか？」

「好きな子なんていないよー」

フォルセも嫌そうな顔をしている。

「フォルセ殿下もですか。これは改良しなければなりませんな」

「リェピオス、はちみつ入りぇてくりぇた？」

「はい。お入れしましたよ」

「ほんと!?　ありがと」

「殿下、どうぞ」

ニルから貰って両手で器を持って飲む。

「んー、まだにがいけど。のめりゅ」

「殿下、お利口さんですね」

フンスッ！　ニルに褒められちゃってちょっと嬉しい。

「なんで？　リリ平気？」

フォルセがそう言いながら、ベッドの近くに来て首をかしげている。

「リリ、苦くないのか？」

「テューにーしゃま、フォリュにーしゃま。にがいでしゅよ。でも、はちみついりぇるとまらだいじょぶ」

「リリのお薬には、蜂蜜が入ってるの!?」

「レピオス、そうなのか？」

「はい、テュール殿下。苦いから嫌だと仰るので」

「ズルイよ。僕の時は入れてくれなかった」

「アハハハ。では今度フォルセ殿下に薬湯をお持ちする時には、お入れしましょう」

「やだ、元気ならお薬を飲まなくても良いでしょう？」

「そうですね、健康が一番です。テュール殿下とフォルセ殿下もお腹を出して寝ておられませんか？　風邪が流行っておりますからね。お気をつけ下さい」

そう言ってレピオスは部屋を出て行った。

「リリは本を読んでたのか？」

俺が持っていた本に気付き、テュールが聞いてきた。

「はい、ニリュに字を教えてもりゃいました」

「リリは、字を教えてもらったばかりで読めるのか？」

「？　はい、読めます」

「リリは凄いね。僕はお勉強が苦手なんだ。お勉強の先生に教わり始めた頃は、よくクーファル兄様にも教わったよ」

「フォリュにーしゃまは、何がしゅきですか？」

「僕は絵だね。あとバイオリンも好き」

おぉ、バイオリン！　芸術家タイプなんだな。

「テューにーしゃまは？」

「俺は剣の鍛練をしてる方がいいな」

剣かぁ、こっちは肉体派なんだ。

「来年、15歳になったら学園に入るから学科を選ばないといけない。俺は騎士学科を選択するつもりだ」

そんなのあるのか？

「僕は芸術学科だね」

そうか、前世だったらまだ義務教育の歳なのに。もう自分で選択するのか。２人共偉いよ。俺なんて大学を選ぶ時でも決められなくてウダウダしていた。


リリアスが兄2人とそんな話をしている頃、ルーとオクソールは湖で探し物をしていた。

リリアスが湖に落ちた時に手に持っていた筈の黄色いリボンを探していた。

先ずは、湖畔から探している。

「ルー様、湖の周りにないと言う事はやはり湖の中でしょうか？」

「リリが一瞬でも掴んだのなら、僕はリリの気配を追える筈なんだ。それが、此処には感じられない」

「どう言う事でしょう？」

「此処は魔素濃度が高いから気配を追い難いんだよなぁ。んー、僕はもう1度周りにないか見てくるよ」

「では私は湖をもう1周してみます」

「分かったよ。それでなかったら明日から湖を調べてみよう」

「承知しました」

今日も俺は、ベッドの上で本を読んでいる。

「えっと……魔法はぁ……まりょくりょう……とぉ、てきしぇいできまりゅ……」

一通り文字は覚えたものの、なかなかスムーズに読めない。これが今の俺の実力だ。

この魔力量って、アレかな。入院していた子がよく話してくれたラノベと一緒か？　いや、アニメだったたか？

検証してみる必要があるかもな。あれだ……何だったかな……？

そうだ、魔力をギリギリまで使うと魔力量が増えるみたいな。

ギリギリまでと言っても、今自分がどれ位の魔力量なのか分からない。そもそも、人によって魔力量は違うのか？　それを見てくれる人はいないのかな？

「ニリュ、魔力量ってどうやってわかりゅの？」

「大聖堂で見てもらえますよ」

何？　大聖堂てなんだ？　あれか、世界遺産のモン・サン＝ミシェル。違った？　あれは修道院だったかな？

「だいせーどう？」

「はい。街にある教会を、取り纏めている所です。大聖堂には司教様がおられます。司教様が各街に行かれて魔力量を見て下さいますよ」

「じゃあ、みんな見てもりゃえりゅの？」

「はい、そうですよ。帝国では皆10歳になったら住んでいる街の教会で纏めて見て頂きます。その時に、魔力量を見る事ができる司教様が選ばれて派遣されるのです」

そうか、じゃあ兄弟で自分の魔力量を知らないのは俺だけなんだな。

「じゅっさい……」

俺まだ3歳だよ。あと7年もあるじゃん。

「でも、殿下。ルー様がいらっしゃるじゃありませんか」

「るー?」

「はい。きっと精霊様は見る事ができますよ」

なんだって!? ルーはどこに行ったんだ!? 思わずベッドから身を乗り出してしまう。

「リリアス殿下、まだ安静にする様に言われてますよ」

「ニリュ、わかってりゅよ」

ニルは鋭いな。いいとこ突っ込んでくる。仕方ない。まだ大人しくしておくよ。

だから、まだベッドの中で、辿々しくだけど俺は本を読むよ。根気よくな。

「……か、かりゃだの中の魔力をかんじりゅ……めを……ちゅ、ちゅぶって……お腹……の下くりゃいにありゅ……あ？　あ、あたたかいもの……」

なかなか読み進められないんだよ。焦れったいなぁ。頑張れ3歳の俺！

身体の中の温かいものか……そんなのあるのか？

身体の中………と、集中してみる。

おっ！　おおっ！　コレか⁉

腹の下の方に何かあるのが分かる。これをどうするって？

「しょ、しょこかりゃぜんしんに……魔力をたどって……」

うんうん。分かるぞ。身体に血管の様に張り巡らされてる何かがある。

「お腹に……ひとちゅに……あ、あつめて……」

ほうほう。集めるんだな。集める……て、コレどうすんの？　集めたらすっごく大《お》っきくなってしまった。

ん？　俺の身体ちょっと光っちゃってない？　これ大丈夫なのか？

部屋にいたニルが、血相を変えて飛んできて俺の身体を抱き締め背中を強く叩いた。

「リリアス殿下！　ダメです！」

「え？　ニリュ？」

おっと、気をそらしたら、せっかく集めた温かいものが消えてしまった。

ニルは俺の背中をさすって落ち着かせようとしている。

「リリアス殿下。まだ指導を受けていないのに、そんなに魔力を集めてはダメです。危険です」

「え、きけん？」

「はい、魔力が暴走してしまいます」

「ぼうしょう？」

「はい、暴走したら命に関わりますよ。周りにも被害が出ます」

なんだって!? この本、先に危険な事を書いておかないとダメじゃないか。取説の基本だよ。本当に危ないな！


そうしてやっとベッドから出られる様になった頃。

「リリ」

「テューにーしゃま、フォリュにーしゃま。あしょびますか?」

今日はベッドの中じゃなくて、ソファに座って迎えられた。

2人が小走りでソファに座りに来た。

「リリ、明日父上が来られるんだ」

「テューにーしゃま、とーしゃまでしゅか?」

「ああ、その時に俺達も一緒に帰るんだ。俺は学園に入学する準備があるんだ」

「兄様が帰るから僕も一緒に帰るよ」

「ボクは、まら帰りぇないのですか?」

2人共帰っちゃうのか。俺はやっとベッドから出られる様になったばかりだよ。

「ああ、リリはもう少し元気になってからだそうだ」

「テューにーしゃま、フォリュにーしゃま。いないとしゃびしいです」

フォルセが抱きついてきて、頭を撫でる。

「リリ、お城で待っているからね。早く元気になって帰っておいで。上の兄様達も心配しているそうだよ」

「あい……」

なんだよ。帰っちゃうのか。俺1人になっちゃうじゃん。

「イズーナ姉上とフォランも一緒に帰るんだ」

「テューにーしゃま、ねーしゃま達は一度もみてません」

そうだ、まだ一度も見舞いには来てくれていないが、イズーナとフォランは姉皇女だ。

「えっ!?　そうなのか？」

いる筈だよな？　一度も顔を見てないな。俺も存在を忘れてた位だ。

「はい。ボクが湖に落ちてかりゃは一度もです」

「そうなの？　心配じゃないのかな？」

「フォルセ、あの2人は普段からあまり積極的には関わってこないからな」

そうなのか？　俺は全然覚えてないんだけど。兄弟姉妹で興味のある事も違うのだろうか？

「どうしてれすか？」

「きっとあれだよ。またお母上のご実家の爵位を、コンプレックスに思っているのかも知れないよ」

「フォリュにーしゃま、しゃ、しゃく？」

「爵位だよ。いつもそれで遠慮してるって言うか距離を感じるんだよね。普通に仲良くすれば良いと思うんだ。兄弟なんだもん」

母親の実家の地位が関係しているって事なのか。子供なのにそんな事まで気にしているのか。

「リリ、俺たちには関係ない事だ。兄弟だからな。仲良くする方が良いに決まってる」

おー、テュールは大人だなー。

「はい、なかよしします」

「リリは偉いねー。かわいいぃ！」

いや、フォルセの方が可愛いと思うよ。ふわふわしていてさ。妖精さんのように可愛い。

「テューにーしゃまもフォリュにーしゃまも、ボクはしゅきです」

「僕もリリ大好きだよー！」

「ああ、俺もだ！」

3人でじゃれつく。兄弟なんだから、仲良くできたら良いよな。

両側から兄2人に抱きつかれ、俺も思わずニッコニコで抱きつきかえす。

「お3人でくっつかれてないで、オヤツを如何ですか？」

「ああ、有難う」

「ニル、食べるよ！」

「ニリュ、ありがとッ！」

その頃、湖の畔にはルーとずぶ濡れのオクソールが……

「ルー様……」

「ああ、オクソール。分かるのか？」

「ええ、見覚えがありますから」

「まさかな……」

「しかし、報告しない訳には参りません」

「そうだな……」

ルーとオクソールが、それを深刻そうに見つめていた。


そして、翌日父がやって来た。

「リリアス！　元気になったかい？」

俺は馬車から降りてきた父に向かって走り出した。

「とーしゃま！」

父が来ると抱きついちゃうよね。まだ3歳だし、やっぱ好きなんだよ。

そして俺は軽々と父に抱き上げられた。

「走ったりして大丈夫なのかい？　顔色は良くなったね。リリアスの母様も心配しているよ。上の兄様達もだ」

「はい。早く元気になって帰りましゅ！」

「ああ、みんな待ってるよ」

「はい！　とーしゃま！」

「陛下」

「オクソールか。調べはついたのかな？」

「はい、ご報告がございます」

「今回は皆が一緒の方が良いのかい？」

「イズーナ皇女殿下とフォラン皇女殿下もお呼び頂けます様」

「そうか……」

「はい、陛下」

なんだ？　空気が変わったな。空気がピンと張り詰めた。

俺は父に抱っこされたまま、滞在している皇家所有の別邸に入っていった。


別邸の1階にある応接室、まあ客間みたいなものだ。凄く広いけどな。

俺は父の横に座らされている。所謂《いわゆる》お誕生日席だ。

父の右側に、テュール第3皇子、フォルセ第4皇子。

皇子達の向かいの席にイズーナ第2皇女、フォラン第3皇女が座っている。

この皇女2人、本当に1度も会わなかったな。フォルセが言っていた様に遠慮しているんだろうか？

イズーナ第2皇女はずっと下を向いて膝の上に置いた手をぎゅっと握っている。

控えめそうに見えるイズーナ皇女は第1側妃の娘で16歳だ。少し癖毛の赤茶髪を横だけ丁寧に編み込んでいる。少し猫目の茶色の瞳が可愛いと言うより美人系か。

隣にいるのがイズーナ皇女の妹、フォラン第3皇女。

同じ第1側妃の娘で13歳だ。イズーナ皇女と同じ赤茶髪の癖毛を高い位置でツインテールにしてリボンをつけている。

なんだか部屋に入ってからずっと、茶色の瞳で俺を睨んでる気がする。

今も2人共、俺と目を合わせ様としない。俺って、嫌われてる？

俺はこの皇女2人の色味にホッとするよ。

金髪とか、前世では有り得ないブルー掛かった髪とか目がチカチカする。ま、俺もなんだけど。

俺なんてグリーンブロンドだからね。K・POPみたいだね！　て、突っ込みたくなる。

父が皆を見て話し始めた。

「皆、元気そうで良かったよ。もう直ぐ学園の新学期が始まるからね。テュール、フォルセ、イズーナ、フォランは明日私と一緒に帰るんだよ。リリはもう少しここで静養していなさい。さて、オクソール。リリが湖に落ちた件の調査報告を頼むよ」

ああ、そう言えば調査しろと言っていた。父に言われ、オクソールが一歩前に出て話し始めた。

「はい、陛下。リリアス殿下が湖に転落されてから、周辺及び湖の中も調査致しました」

湖の中!? オクソールは湖に潜ったのか!? 水は冷たいのに。それにまだ肌寒い。

「結果、湖から此方を発見致しました」

オクソールが、ハンカチに包んでいた物を父に見せた。それは確かに俺が話していた、黄色いリボンの飾りだった。

薄く透ける様な生地でできている。この生地はチュールとか言うんだっけ? 俺が引っ張ったからだろう。リボンの裏側が少し破れている。

そっか、これだけ薄い生地だから俺の力でも取れたのか。

「父上、私達にも見せて下さい」

「テュール、そうだね。コレだそうだ」

オクソールは、持っていたリボンを皆に見える様にテーブルの上に置いた。

部屋の中の音が全て消え、場が凍り付いているのが分かった。

どうした? なんでだ? もしかして皆見覚えがあるのか?

そんな空気を無視してオクソールは続ける。

「リリアス殿下、仰っていた黄色のリボンの飾りとは、此方《こちら》で間違いありませんか?」

「うん、オク。よく見ちゅけたね。大変だったでしょう?」

「湖の中程に浮かんでおりました」

「じゃあ、ボク落ちた時に、はなしちゃったの?」

「その様です。殿下、私に話して下さった事を、今此処でもう一度話して頂けますか？」

なんの事だ？　話した事？

「オク、なぁに？」

「殿下、あれです。ドン……」

ああ、俺が湖に落ちた時の事だね。

「ああ、ありぇ。えっとね。どんっ！　がしっ！　ぶちっ！　て、なったの」

「リリ？　意味が分からないよ？」

そうなんだよ。でも、オクソールは読み解いたんだよ。

俺はまた、以前オクソールに話した様に身振り手振りを交えて説明した。

それを聞いた、父の言葉だ。

「……リリ、それは本当かい？」

「はい、とーしゃま。おぼえてました」

「オクソール……」

「陛下、レピオス殿をお呼びしたいのですが」

「レピオスか？　構わない。呼んでくれ」

なんだ？　レピオスが何か関係あるのか？

「失礼致します。陛下。私からも、ご報告せねばならない事がございます」

なんだなんだ？　ますます変な雰囲気になってきた。

「レピオス、手間を取らせるね」

「とんでもございません、陛下。私は、湖に落ちてまだずぶ濡れのリリアス殿下を診察致しました。まず細菌感染の予防と、お身体を洗浄する為に殿下に湯船に浸かって頂きました。湖の冷たい水で体温も下がっておられましたので、体温を上げる為でもございます。その際、殿下のお身体の隅々までチェック致しました」

そんな事してたのか！　しかし思ったよりしっかり医学が確立している。細菌感染の知識があるんだな。下がった体温を上げる為に湯に浸けるのも理に適っている。なのになんであの原始的な薬湯なんだ？

「殿下の、右手の指先と爪に生地の繊維と思われる物が絡まって付着しておりました。それが此方です」

ハンカチに包んだ物を見せた。見るからに上質な生地の繊維。しかも黄色だ。

「そして、よっぽど力一杯突き飛ばしたのでしょう。リリアス殿下の背中に、拳大のあざができておりました」

そーなのか!?　知らなかった！　まあ背中だから見えないんだけどさ。

「恐らく、思い切り力任せに突き飛ばしたのでしょう」

怖いねー。俺なんて何もできない3歳児だよ。

「力任せに突き飛ばして、手を傷めませんでしたか？……フォラン皇女殿下」

なんだって……!?

皆の視線が一斉にフォランに集中した。

本当に第3皇女が犯人なのか!?　まだ13歳だろ!?　子供じゃないか！　いやいや、それ以前に姉弟だろ？　自分の実の弟を殺そうとしたのか!?

「フォラン……何か言う事はあるかい？」

なんだよ、父は分かっていたのか!?　皆もなんで平然としているんだ!?　もしかしてリボンで分かったのか？　だからあの反応だったのか？

気付かなかったのは、俺だけなのか？

「お父様、言い掛かりですわ！　私はその様な事はしておりません！　レピオスは私を貶《おとし》めようとしているのですわ！」

フォラン皇女が、レピオスを指差して睨み付けながらそう叫んだ。

「お父様、フォランは少し勝気なところはございますが、まだ小さい自分の弟にまさかそんな事……する筈がありません」

「イズーナ、お前は何も知らないのだね？」

ああ、この父は気付いていたんだ。

自分の娘が、自分の息子を殺そうとしたと言う事に、気付いていたんだ……

「……お父様？　何の事ですか？」

「そうか」

「お父様、教えて下さい。何をご存じなのですか？」

可哀想に。この姉、震えているじゃないか。膝の上に置いた手をギュッと握っている。

「オクソール……」

「はい、陛下。半年前です。リリアス殿下が階段から落下なさいました。咄嗟に私が殿下のお身体を引き寄せ、大事には至りませんでした。その3ヶ月後、リリアス殿下の靴に毒針が仕込んでありました。ニル殿が発見し、早急に靴を変更し何事もありませんでした。またリリアス殿下が2歳の頃に不審者が忍び込んだ事もございます。フォラン様、その様な事があって私共が何もしないとでも思われますか？　城の中に専門の調査部隊を潜伏させております。その結果、貴女方のお母上である第1側妃のレイヤ様、レイヤ様付きの侍女が企てたと判明しております。そして、今回はフォラン様、フォラン様付きの侍女です。リリアス殿下のお命を狙っていらした事は明白になっております。既に証拠は押さえてあります。今頃はお二方のお母上も、拘束されている事でしょう」

俺ってそんなに狙われてたの？　え？　俺って嫌われてる？　俺、そんなにメンタル強くないよ。凹むわー。

「お父様！　言い掛かりですわ！　私はリリアスに罠に嵌められたのですわ！　こんな物、証拠にもなりませんわ！」

顔を真っ赤にして怒りながら言い訳をしている。両手でドレスをグッと掴みながら。目には涙をためている。まだ、子供なんだ。

だが3歳児の俺が何をどうやって罠に嵌めるんだ。

「陛下、宜しいでしょうか？」

「ああ、仕方ないね」

「ルー様、お姿を」

オクソールがそう言うと、何処からか光が集まって1つになり鳥の姿に変わった。

「るー！」

「リリ、暫く離れててごめんよ」

喋りながら俺の方へ飛んでくる。

「るー、どうしたの？」

「今日は僕も呼ばれたんだ。僕もオクソールと一緒にリボンを見つけたからね」

「ルー様、お願いします」

「うん、オクソール分かった。貴方が皇帝陛下？」

俺の膝に止まり父の方を見る。

「はい、初めてお目に掛かります。リリアスの父、オージン・ド・アーサヘイムと申します。この度はお力添え頂き有難うございます」

「あー、畏まられるのは苦手なんだよ。普通でいいよ」

「有難うございます」

「じゃ、皆いいかな？　僕はリリに加護を授けた光の精霊でルー。光の神の恩恵を受けているこの国で、光属性を持つリリが命を狙われるのを黙って見ていられないんだ。それは、光の神を裏切る事と同じなんだよ。分かるかな？　そこの小さなお姫様」

「……ッ!?　光の精霊ですって!?　嘘をつかないで！　どうして鳥が喋っているの!?」

「信じられないのだろうけど、僕は本当に光の精霊なんだ。残念だけど、もう言い逃れはできないんだよ。僕はリリの残滓を辿れる。オクが発見したその黄色のリボンにも、レピオスが見つけた生地の繊維にもリリの残滓がある。同じものが君の黄色のドレスにもあったんだ。ああ、今日着ているのも黄色なんだね」

「嘘よ！　光の精霊なんて今まで見た事ないわ！」

「当然だよ。滅多に人前には姿を現さないからね」

「嘘つかないで！　私を虐めて楽しいの!?」

「光の帝国のお姫様が、光属性の価値を理解していないばかりか、光属性を持つ自分の弟皇子を殺そうとするなんて。そんな悲しい事はないよ。君は、してはいけない事をしたんだ。残念でならないよ」

「違うわ！　私は騙されたのよ！　罠に嵌められたのよ！」

どんな気持ちなんだろう。父として、皇帝として。悲しそうな表情で父が言った。

「フォラン、誰が何の為に、どんな罠に嵌めたんだい？　君はまだ13歳だ。まだまだ子供だ。私の可愛い娘なんだ。素直に認めて懺悔してほしかったよ。私はとても残念だよ」

「お父様！　違います！　私は……私は……！」

「フォラン……たとえ13歳でも、人を殺めるなんてやってはいけない事だと理解できるだろう。光属性を持つ皇族が必要な事も分かっているよね。民の為だ。この国に暮らす大勢の民の生活を守るのが、私達の責任なんだ。君はその責任を取れるのかい？　こんな事をして、フォラン自身も幸せになれるのかい？」

「……お父様……私は……」

「なんだい？　言ってみなさい」

「私は……私は……お母様が伯爵家の出だと言う事で蔑まれるのが我慢できないのです！　リリアスのお母上は最後に入ってきたのに、侯爵令嬢だと言うだけでチヤホヤされて！　リリアスさえいなければ！　私は！」

――パンッ！

突然、隣に大人しく座っていた姉のイズーナがフォランの頬を叩いた。

叩いた姉のイズーナも叩かれたフォランもポロポロと涙を流している。

「おねえさま……」

「誰がお母様を蔑みましたか？　お母様にも散々申しましたが、貴女達は卑屈に受け取りすぎているのです。皇后様も第2側妃様もリリアスのお母上も、皆様どれだけ良くして下さっているか、貴女には分からないのですか？　どれだけ心が歪んでしまっているのですか？」

「……そんな！　姉様が知らないだけですわ！　私達のお母様だけ伯爵家の出です！　私達だけが髪の色が違います！　私達だけ！」

「フォラン、イズーナの言う通りだよ。誰もフォランや君達の母上を蔑んだりしていない。髪の色なんて全く関係ない。皆、私の可愛い子供達だよ……残念だ……連れて行きなさい」

部屋に控えていた者達がフォランを連れ出そうとした。

「放してよ！　私に触らないで！　私は皇女なのよ！」

「君のその身分は剝奪する事になるんだ。フォラン、反省してほしい。自分のした事をよく考えるんだ。君の最後がこの様な形になるのは私も嫌なんだ」

最後だと……!?

「とーしゃま！　とーしゃま！　だめでしゅ！　フォリャンねーしゃまも早くごめんなさいしてくらさい！　だめです！　じぇったいだめでしゅ!!」

俺は、隣に座っている父の袖を握り締めて訴えた。

「煩《うるさ》いわよ！　あんたなんか大嫌いよ！　私が欲しいものを全部持ってるじゃない！　その髪も、目も、光属性も、お母様の地位も！　全部！」

そう言ってフォランは俺を睨みつけた。

「……ねーしゃま……ウッ……ヒック……」

「リリアス……」

父に抱き締められて、小さな背中を丸くして泣きじゃくっている俺。

涙腺が壊れてるのかの様に、ポロポロと止めどなく涙が流れてくる。

「うわーーん！　ヒック！　うえーーん！　とうしゃまー！　じぇったいだめれしゅー！」

「リリ……」

「リリ、そんなに泣いたらまた熱が出るぞ」

テュールとフォルセまでそばに来て、背中を撫でたりトントンしたりして慰めてくれる。

だが、3歳の俺の涙は止まらなかった。もう大泣きだ。あの父の言い方だと、フォランの未来はないだろう。

側妃と皇女が皇子の殺害を企てたなんて事は発表できないだろうから、こっそりと処刑して病死とか事故死として発表するつもりなのかも知れない。どこかに、幽閉するつもりなのかも知れない。

まだ13歳なんだ。前世だと、義務教育の歳だ。確かにしてはいけない事をしただろう。弟の命を狙うなんて、こんな子供がする事じゃない。

しかし、しかしだ！

まだ自分で判断できない子供だ！　1人で考えてできる事じゃないんだ！

前世だと少年法の範疇じゃないか。

ダメだ。絶対にダメだ！

小児科医で子供達の命を助けてきた俺が、此処で諦めて未来ある子供を亡くしてどうするんだ！

「……ヒック」

「リリアス、落ち着いたかい？」

涙と鼻水でグシャグシャな顔を上げて、両手を握りしめ、俺は父の目を見つめてハッキリと言った。

「とーしゃま、ボクはおうじをやめましゅ」

「リリ！　何を言い出すんだ！」

「ねーしゃまをゆりゅしてもりゃえないなりゃ、ボクはお城を出ておうじをやめます!!　大きくなったりゃ1人で暮りゃします！」

「「リリ!!」」

「リリ、何を言い出すんだ？」

ルーが慌てて肩に乗ってきた。

「るー。フォリャンねーしゃまはボクと一緒なんら。学園にも行ってなくて。お城の中だけしかしりゃない。まわりの大人の言うことがすべてなんら。ねーしゃまは、まわりの大人に恵まりぇなかったんら。だかりゃ、やりなおしゅ機会がいりゅんだ。まだ小しゃいかりゃ、ごめんなしゃいしてやりなおしぇりゅんだ。みりゃいを失くしたりゃダメなんら！　とーしゃま、おねがいします。ねーしゃまを助けてくりゃさい。おねがいします！」

そう言って俺は、父の首にしがみ付いた。

「リリ……」

「お父様、私も一緒に罰して下さい。姉なのに、フォランがこんな心根になってしまっている事に気付けませんでした。一緒に罰を受けます。お父様、どうかお願いします」

イズーナ皇女は、父の前で膝をついた。

「陛下、とにかく一度落ち着きましょう。リリアス殿下と皆様を部屋に」

「ああ、オクソールそうだな。後は大人の仕事だな」

「はい」

「さあ、皆。一度部屋に戻りなさい。ニル、リリを頼むよ」

「畏まりました。さ、リリアス殿下」

ずっと部屋の隅に控えていたニルに抱き上げられた。

泣き過ぎだ。余計にまともに喋れていない。

「ヒック……ヒッ……とーしゃま」

「後は父様達に任せなさい。悪い様にはしない」

「ほんとでしゅか？」

「ああ。約束しよう」

そしてリルはニルに抱っこされ、部屋に着く頃には泣き疲れて寝てしまっていた。


部屋に残った父とオクソール。

「しかし……驚いた。リリには驚かされてばかりだ」

「陛下」

「リリはまだ3歳だ。なのにあの訴えだ……」

「はい」

「皇子を辞めるとまで言い出した。自分の命を狙われたのにだ」

「……陛下、リリアス殿下は何がなんでも守らなければなりません。リリアス殿下だからこそ光属性を持ったのかも知れません。それに光の精霊様の加護を授かっておられます」

「ああ、驚いた。今迄聞いた事もない」

　――コンコン
「陛下、宜しいでしょうか？」

「ああ。セティ、報告してくれ」

　部屋に入って来たのは、セティ・ナンナドル。皇帝陛下の側近だ。

　膝丈の黒い上着、その中のシャツやベストもそうだ。全身黒を着こなし細身で長身、黒髪の短髪に少し冷ややかな金色の瞳のこの男は、皇帝陛下の懐刀とも言われる程の人物だ。

　それにしても、真っ黒だ。城では、セティの代名詞になっているらしい。皇帝とは乳兄弟《ち》に当たるそうだ。

「第1側妃のレイヤ様とその侍女、そしてフォラン皇女殿下の侍女を拘束致しました。過去のリリアス殿下への未遂事件も、この3人が計画実行していたと調べがついております。レイヤ様のご実家である、フレイスター伯爵家についても調べました。フレイスター伯爵ご自身はご存じなく、夫人と夫人の侍女が糸を引いていた様です。既に拘束済みです。皇后になれなかったのは伯爵家だったからだと、逆恨みが発端の様です。イズーナ第2皇女殿下は、穏やかな性格でいらっしゃるので、取り込むのは諦めたのだと推測されます。フォラン第3皇女殿下は、レイヤ様に似てプライドが高く、体面を気になさる方でしたので、彼女達の言葉を信じ込んでしまわれた様です」

「そうか……ご苦労だったな」

皇帝は、ソファの背もたれに身体を預けて肩をおとす。

「陛下。どうかなさいましたか？」

「セティ。フォランの処分についてリリが何と言ったと思う？」

「リリアス殿下がですか？　まだお小さいのですから、お分かりにならないでしょう？」

「いや、リリは全て分かっていた。このままだとフォランが極刑に処されるかも知れないと言う事まで読んでいた」

「まさか！　陛下、リリアス殿下はまだ3歳です」

「セティ、その3歳のリリが泣いて訴えたのだ。フォランを許さないなら、自分は皇子を辞めるとな」

「……!?」

「国の一番痛い所を突いてきた。3歳児が言う事ではないだろう？」

「しかし光属性を持ち、光の精霊様の加護を授かったのが、リリアス殿下で良かったです」

「セティ、そうだな……だからこそなんだろうが」

「はい。では、フォラン第3皇女殿下の処分は如何なさいますか？」

「北の修道院にでも送るしかないだろう。伯爵家は取り潰しだ。第1側妃のレイヤに侍女2名、伯爵夫人と夫人付侍女は沙汰を待つように」

「畏まりました。イズーナ皇女殿下は如何なさいますか？」

「イズーナは16歳だったか。友好国にでも留学させ、その間に国外への嫁ぎ先でも決めようか」

「また、皇女殿下お2人には寛大な処分ですね？」

「リリが言ったのだ。まだ子供だと。周りの大人に恵まれなかったのだと。まだ子供だからやり直す機会を与えるべきだとな」

「まだ3歳の殿下がですか!?」

「ああ……子供の未来を失くしてはいけないと言った。オクソール、リリを呉々《くれぐれ》も頼むよ」

「勿論です、陛下」

「リリが大人になって、自分で自分の身を守れる様になるまで、守ってやってくれ。頼んだよ」

「はい、陛下」


そんな話をされているとは露知らず…リリアスは泣き疲れて爆睡していた。

寝ているリリアスをルーとニルが見守っている。

「参ったな……」

「ルー様？」

「リリだよ。まさかあんなに泣いて訴えるなんて……」

「はい。泣き疲れてよく寝ていらっしゃいます」

「こうして寝顔を見てると、可愛い3歳児なんだけどな」

「フフフ……そうですね」

「普通は人間て、自分を殺そうとした者は憎いんじゃないのか？」

「そうですね……」

「なのにリリはどうして庇うんだ？」

「ルー様、リリアス殿下は悲しかったのではないでしょうか？　それにリリアス殿下が仰っていた、周りの大人に恵まれなかった事はお可哀想だと思います。実際にそうだったのでしょう。自分より小さい弟殿下を、湖に突き落とすのは相当な勇気がいる筈です」

「なるほどな……」

「あの場でも小さく震えておられました。そこまで追い詰めた大人も悪いです」

「まあな……」

「私はリリアス殿下がお生まれになった時から、殿下のお世話をさせて頂く事が夢でした」

「そうなのか？　じゃあ夢が叶ったんだな」

「はい。そうなのですよ。誰もそんな未来を奪ったらダメなのですね。子供には未来があるのですね。そんな当たり前の事なのに、忘れていました」

「そう言ったリリ自身も子供だって分かってんのかな？」

「フフフ……本当ですね。子供どころか、まだ幼児ですよ」

「そうか、幼児だな……」

パチッと目が覚めた。もう陽が高いな……？

「ニリュ……」

「リリアス殿下、お目覚めですか？」

俺、泣き疲れて寝てたんだ。まだ、３歳児だ。思った以上に体力がない。

「ニリュ、とーさまは？」

「陛下と皆様ご一緒に、今朝早くにお発ちになりました」

「そう……」

「殿下、お身体は如何ですか？」

「オク、だいじょぶ。元気」

「では、殿下。お食事をお取り下さい。レピオス殿が、今日はまだ安静になさる様申しておりました」

「うん……」

「体力が戻っておられないのに、昨日沢山泣かれましたから。昨夜はまた少しお熱が出たんですよ」

「そう……」

「リリアス殿下、とにかく食べましょう」

「ニリュ……あんまりたべたくない」

と、俺は布団の中に潜り込む。

「殿下、いけません。昨夜も食べずに寝てしまわれました。少しでもお食べになりませんと」

「オク……わかった」

もそもそとベッドから起き出し、顔を洗い、ニルに着替えを手伝ってもらって、ソファに座った。

「リリアス殿下、少し冷ましますね」

「ニリュ、自分で食べりぇりゅ」

「ダメです。これはニルの仕事です。さ、殿下お口を開けて下さい」

「あー……ん」

仕方なく口を開けると、口の中に優しい味が広がった。

「……ニリュ、こりぇみりゅく粥?」

「そうですよ。リリアス殿下はミルク粥お好きでしょう?」

「……うん。しゅき……あーん」

オートミールのミルク粥だ。優しいミルクの味とほんのり蜂蜜の風味もする。結局最後まで食べさせてもらって完食だ。

3歳児のメンタルは想像以上に脆い。

「……ニリュ、りんごジュースちょうらい」

「はい、殿下」

ニルにりんごジュースを貰い、両手でコップを持って飲む。コクリコクリとゆっくりと。

「……ニリュ、ごちそうさま」

食べ終わってそのままソファにポテッと上半身を横に倒すと、目から涙が一筋流れ落ちた。ああ、ダメだ。想像以上に気持ちが落ちている。

しっかりしろよ、昨日からずっと泣いているじゃないか。俺の涙腺はどうなってんだ？　涙を隠したくて顔をソファに擦りつけた。身体を無理矢理起こし座り直す。

「ニリュ、オク。教えてほしいことがありゅんだ」

「何でしょう？」

「きのう、フォリャンねーしゃまが言ってた爵位や髪のいりょってなに？」

「リリアス殿下」

「ニリュ、おしえて」

ニルは、ゆっくりと話し出した。

「皇后陛下、第2側妃のナンナ様、殿下のお母上のエイル様はご実家が侯爵家です。イズーナ皇女殿下とフォラン皇女殿下のお母上のご実家はそれより一つ格下の伯爵家でした。その事を言っておられたのです」

「……そんなに気にすりゅことなの？」

「元々、伯爵家の者は皇后陛下の候補にはなれません。皇后陛下は侯爵家以上、側妃様は伯爵家以上の御令嬢から選ばれます」

身分制度か……昔の日本みたいだな。大奥みたいな？

「じゃあ、なんで？」

「フォラン皇女殿下のお母上様のご実家であるフレイスター伯爵家の伯爵夫人と夫人付きの侍女が、伯爵家だから皇后になれなかったと逆恨みされていたそうです」

「よくわかりゃない。皇后になりたかった、てこと？」

「そうらしいです。しかし、帝国では、皇后陛下は侯爵家以上の御令嬢と決まっております」

「そりぇを知りゃなかったの？」

「貴族でしたら、皆様ご存じの筈です。学園でも教わります」

変だな……知らない筈はないんだろ？

「……？　じゃあ、髪のいりょは？」

「リリアス殿下もそうですが、他のご兄弟も皆様、金か淡いブロンドの髪に他の色が混じった髪色をなさっています。イズーナ皇女殿下とフォラン皇女殿下、お2人だけそうではなかった事を仰っていたのではないかと思います」

「……しょんなこと……」

「はい」

「しょんなことで弟のボクを？」

「殿下」

「オク、なあに？」

「爵位の事も髪色の事も、それを必要以上に卑屈に思われ、周りから馬鹿にされていると思い込んでいらしたのでしょう」

「しょっか……」

「殿下が、お気になさる事ではありません」

「……」

「元々、第1側妃のレイヤ様のご実家は伯爵家ですが建国当初からの歴史ある家系でいらっしゃいました。ですから、第1側妃に選ばれたのです。しかしプライドの高いお方でしたので、側妃では我慢ならなかったのでしょう。光属性を持っておられない事もあると思いますが」

「オク、しょんなこと、誰かをきじゅちゅけりゅ理由になりゃないと思う」

「殿下、仰る通りです」


次の日。俺はまたボーッとしながらソファに座り、上半身だけをコテンと横にしていた。

部屋には心配そうに俺を見つめるニルとオクがいる。でも、何もする気が起こらないんだ。

――コンコン
「やあ、リリは起きてるかな？」

なんだよ、誰だ？　チラッと横目で見ると、イケメン兄貴がいた。

部屋に入って来たのは、城にいる筈のクーファル・ド・アーサヘイムだ。

皇后の子で、第2皇子だ。

綺麗なブロンドでストレートの長い髪を、片側に持ってきて1つに結んでいる。

いかにも利発そうな碧色の瞳が印象的だ。文武両道、今は長男の補佐を務めている。俺はクーファルとまだ言えなくて、クーにーさまと呼んでいる。兄弟皆のフォローを忘れない、とっても頼りになる兄だ。

「……クーにーしゃま。どうしてここに?」

俺は慌てて身体を起こした。

「リリに会いたくなってね」

と、ソファの前にしゃがんで俺と目線を合わせ優しい眼で見つめながら、俺の頭を撫でた。

「にーしゃま……」

また、涙がじわじわ溢れてきた。

自分が思っている以上に傷付いていたみたいだ。

「リリ、偉かったね……」

そう言いながら、クーファルは俺をふわりと優しく抱き締めて背中をトントンする。そんな事をされると涙が止まらなくなってしまう。

「ウ……ヒック……エッ、エッ……ヒック……」

ヒョイと俺は抱き上げられた。

「リリ、泣いてばかりいるとまた身体を壊してしまう。兄様やオクソールと一緒に外に出よう。今日のお昼は皆一緒に外で食べよう」

そう言って、クーファルとオクソールは歩き出した。

邸の外に出ると、馬に乗せられた。後ろからクーファルがしっかり支えてくれている。

「にーしゃま、どこに行くのでしゅか？」

「内緒だよ」

クーファルはウインクして笑った。

なんだよ、イケメンは何をしてもカッコいいいな。羨ましい。


オクソールがバスケットを持ったニルを乗せて、ピッタリ後ろに付いて来る。その後ろからクーファルの護衛達が続く。

湖を右手に見て暫く馬を走らせると、小高い丘に着いた。

丘の真ん中に、日本で喩《たと》えるなら御神木の様な趣のある大樹がどっしりとそびえている。そこで馬は止まった。クーファルに馬から下ろされ、俺は大樹を見上げた。

「にーしゃま、こんなにおっきくて立派な木は見たことがないでしゅ」

「うん。この大樹があるから此処も皇家の直轄地なんだけどね。この大樹はね、帝国の建国時に植えられたと言われていて『光の大樹』と名前が付いている。この大樹に、光の精霊様が集まるという伝説があってそこから名前が付いたんだね」

「……ひょお～！」

俺はトテテと大樹に近づいて行く。

「クーにーしゃま、触ってもいいでしゅか？」

「ああ、構わない」

俺は片手の平をピタッと大樹の幹につける。

……？　なんだ？　この感じは何だ？

そして徐《おもむろ》に大樹の幹に抱きついた。

「やあ、リリ。もう泣き止んだか？」

「るー！」

大樹の茂った枝の奥からルーが飛び出してきて、俺の肩に止まった。

「るーはいつもいない」

「なんだよそれ。僕はいつもリリのそばにいるよ」

「ルー様、お初にお目に掛かります。兄の、クーファル・ド・アーサヘイムです。この度は大変お力添え頂き有難うございます」

クーファルが深く頭を下げた。

「クーにーしゃま、るーしゃまではなくて、るーでしゅ」

クーファルの袖を、少し引っ張りながら首を横に振る。

「ハハハ、リリそうだな。でも兄様は畏れ多いよ」

「クーにーしゃま、るーはボクのおともらちです。だかりゃだいじょぶでしゅ」

「お友達か！　リリは凄いお友達がいるんだね」

「はいッ」

兄に褒められてちょっぴり嬉しくなる。

「リリは、魔力量を知りたいんだって？」

「うん、るーはどーしてそりぇを知ってりゅの？」

「ニルから聞いたよ」

「リリ、そうなのか？」

「はい、クーにーしゃま。ボクも魔法をちゅかえるようになりたいのでしゅ」

「リリ、僕が此処で見てあげるよ」

「るー、ほんとに？」

「ああ、この樹に抱きついてみて」

そうルーが言うので、俺はピトッと大樹の太い幹に抱きついた。

勿論、小さな俺の手は回らない。こんなので分かるのか？

「リリ、自分の中にある魔力を樹に流す様に意識してみて。できるかな？」

「うん、できりゅよ」

俺は自分の中にある魔力に集中した。身体から樹に流す様に。すると……

青々と葉が茂っていた枝と言う枝に、小さな白い蕾がムクムクと膨らみ、アッと言う間に咲き出した。

大樹全体に、沢山の小さな白い花がフワリと咲いた。

「……リリ！　何をしたんだい？」

「にーしゃま、るーの言う通りにしただけでしゅ」

「ハハハ……！　リリ！　君は凄いよ！　まさか花を咲かせてしまうなんて！」

「るー、もうはなりぇてもいいの？」

「ああ、いいよ」

俺も少し離れて大樹を見上げた。

見事に咲いたな！　不思議な事もあるもんだ。と、ボーッと感心しているとクーファルに抱き上げられた。

「リリ！　凄いよ！　見てみなさい、満開だ！」

俺はクーファルの腕の中から、大樹を見上げた。

「クーにーしゃま、きりぇいです！」

「そうだな、綺麗だ！」

ルーがフワリと飛びクーファルの肩に止まった。

「リリ、君の魔力量は膨大だ。普通、蕾ができる事もないんだよ。蕾どころか、リリは花を咲かせた。満開だ！　こんなの初代以来だね！」

「るー、しょだいてなあに？」

「この国の初代皇帝さ！」

「ルー様、そうなのですか？　あの伝説は真実なのですか？」

「初代が植えたら、忽《たちま》ち大樹になって花を咲かせた。て、やつかな？」

「はい、そうです。この国の建国の際の奇跡と、言い伝えられております」

「ハハハ、それは大袈裟なんだ。元々この場所に大樹はあった。ただ、弱っていてね。光の精霊が寄り付けなかったんだ。その大樹を甦らせ、今のリリと同じ様に初代は花を咲かせたんだよ」

へぇー、初代は凄い力を持っていたんだ。

俺を抱き上げたまま、クーファルは言った。

「リリ、この大樹をよく覚えておきなさい」

「クーにーしゃま？」

「この国にはリリの力が必要なんだ。この大樹が弱ったり、万が一にも枯れたりすると国は衰退すると言われている。今この国で大樹に力を与えられるのは、皇族で光属性に適性を持つ父上とリリだけだ。そこが、他の光属性を持つ者との大きな違いだ。初代皇帝の子孫である直系の皇族で、尚且つこの大樹に力を与えられるだけの光属性の魔力量を持つ者。光の神の加護を受けている帝国には、必要なんだ。フレイ兄上は次期皇帝だが、リリもこの国に必要なんだよ。もっと大きくなったら勉強する事だ。小さなリリにはまだ早い。難しいかな、分かるかい？」

「あい、クーにーしゃま」

「私達はこの国の皇家に生まれた。この国を、この国に住む民達を守って行かなければいけない」

「あい」

「リリも皆が笑顔の方が嬉しくないかい？」

「うりぇしいでしゅ」

「皆の笑顔を守り続けて行くのが、私達皇家に生まれた者の責任なんだ。まだ全て分からなくてもいいよ。でも兄様の言った事は覚えておいてほしい……軽々しく皇子を辞めるなんて、言ってはいけないよ、リリ」

「……あい。クーにーしゃま……ごめんなしゃい」

「リリの、助けたいと言う気持ちは分かる。フォランもまだ子供だからね。でも、フォランのした事は子供だからと許される事ではないんだ。嫉妬や妬みの様な歪んだ気持ちで人を殺めるのは、皇女だからと言う訳ではなく人として間違っているんだ。リリの言う様に周りの大人に恵まれなかった事もあるだろう。それじゃあ、フォランの姉のイズーナはどうなるのかな？　同じ環境で育った姉妹だ。でもイズーナは私から見ても、謙虚で努力家で素直な可愛い妹だよ」

　確かに、クーファルの言う通りだ。

「しかし、リリが訴えた様にやり直せる可能性は確かにある。全て終わったらフォランは修道院へ送られる事になったよ。今迄、甘やかされて育ってきた子だから苦労するだろうね。それでも、リリの思いが届けば良いと思うよ。リリ、今回の事はもう終わったのだと区切りをつけなさい。これ以上リリが心を痛める必要はないんだ。もうおしまいだ。いいね？」

「にーしゃま……ごめんなしゃい」

ポロポロと涙が溢れた。俺、泣いてばっかだ。情けない。

「リリ、兄様はリリを泣かそうと思って言った訳じゃないんだ。もう泣かないでくれないかな？」

「クーにーしゃま、ごめんなしゃい。ボクは迷惑をかけちゃいましたか？」

ヒグッ……ヒグッ……と、泣きじゃくりながら俺はクーファルに聞いた。

「迷惑なんか誰にも掛けていないよ。リリは兄弟で一番小さい事もあるが、皆リリが大切なんだ。

リリには笑っていてほしい。泣かないでくれないか？」

「にーしゃま、ごめんなしゃい。ありがとごじゃます」

ずっと抱き上げてくれているクーファルの首に抱きついた。

「ハハ、リリに抱きついてもらったなんて言うと、兄上が拗ねてしまいそうだ」

「フリェイにーしゃまが？」

「ああ、皆リリを構いたくて仕方ないんだ。今日も私が行くと言ったら、兄上もフィオンも自分が
行くと言い出してね。宥《なだ》めるのが大変だったよ。早く元気になって帰って来なさい。さぁ、リリ。

この大樹をよく見ておくんだ。忘れない様にね」

「はい、にーしゃま」

「ニル、お昼にしよう。準備してくれるかな？」

「畏まりました。クーファル殿下」

そう言ってニルはバスケットを出し、オクソールが広げた敷物の上に中身を並べ出した。

「にーしゃま、ここで食べりゅのでしゅか？」

「ああ、気持ち良いだろう？　晴れて良かったよ」

俺は久しぶりに美味しい昼飯を食べた。

大きな口をあーんと開けて頬張って食べた。

「にーしゃま、おいしいでしゅ！」

「そうかい、良かった。沢山食べなさい」

「はい！　ニルもオクもるーも食べてね！」

「殿下、私共は……」

「オク、しゅわってね」

「はい、殿下」

「あい、食べて」

「……はい、殿下。失礼して頂きます」

「みんなで食べりゅ方がおいしいよ！」

「ハハハ、オクソールもリリには敵わないか」

俺を心配して、態々城から駆けつけて来てくれたクーファル。しっかりフォローされちゃったよ。

そして、直ぐにクーファルは城へと帰って行った。本当に、申し訳ない。

第2章 純血種の狼獣人

今、俺は魔法の練習をしている。先生はもちろんルーだ。先ずは、何と言っても適性のある光属性魔法だ。

「んんんんー……せいッッ!!」

「リリ、だからなんでそうなるんだ？」

ルーがパタパタと飛び回りながら、文句を言う。

「リリ、普通に魔力を身体の真ん中に集められるんだろ？　そこから引っ張ってくるだけだろう？」

俺は静かに膝を落とし地面に両手をついた。

「む、む、むじゅかしい！」

「なんでだよ!!」

ニルとオクソールが、お腹を抱えて笑ってないか？　笑ってるよな。

「ニリュ、オク、わりゃったりゃメッ!!」

「ブハハハハッ！」

「クフフッ！」

「あー！　メッ!!」

「殿下、その変な掛け声は何ですか？　クフフッ」

「オク変？　なにが？」

「その、『せいッ！』です」

「オク、いきおいだよ、いきおい！　せいッ！　て、いきおいちゅけてんの！」

「勢いですか？　クハハッ！」

「あー、また笑ったー！」

「では、殿下。その手は、ポーズは何ですか？」

「こりぇは……なんとなくぅ？」

ついやっちゃうんだよ。いや、やりたいんだよ。かーめーはー◯ーはーッ!!　みたいなさ。憧れじゃん？　全日本男子の憧れだよ。世代を超えて愛される永遠のヒーローだよ。わかんないだろうなー。

「アハハハ！」

オクソールって笑い上戸だったのか？　涙流して笑ってない？　いつもクールだから、こんなオクソールが見られるのはちょっと嬉しい。

「殿下、その変な掛け声とポーズをやめてみたら如何ですか？」

「オクは、りょまんがわかってないよね？」

あんまり分かってくれないと拗ねてしまうぞ。

オクソールの隣にいたニルに抱きつきチラッと横目で見ながら言った。

「ん？　なんです？」

「りょまんだよ、りょ、ま、ん！」

「ああ、ロマンですか。クハハハハッ！」

何だよ、酷いなぁ。俺まで釣られて笑いそうだよ。楽しくなってきた。

「フゥ……殿下、少し手をこちらに」

オクソールが、膝をついて俺と目線を合わせ両手の平を上にして出してきたので、そのまま手を重ねる。

「宜しいですか？　感覚を覚えて下さい。私から殿下に魔力を流します」

「わかった」

目を瞑って、手に意識を集中してみる。重ねた手から、温かいものが流れてくる。

「んー……おおッ！　オクわかりゅよ！」

「分かりますか？」

オクソール、凄いよ。ルーより全然分かりやすいよ。

「わかりゅ、わかりゅ！」

「では、今度は殿下が私に流してみて下さい。掛け声はなしで」

流す……流せば良いのか？

「んんん……」

こんな感じか？　手からオクソールに流れていくように……

「……おお！　そうです、殿下。お上手です。では、手を離しますよ」

「うん……んー……せいッ！」

やってしまった……！

両手を前に出して、超有名なスーパーな、あのポーズ。

「アハハハハハ……ッ！」

なんでそんなに笑うんだよ。そんなに変かな？　あれか、俺の短い手足が原因か？　幼児体型だからなのか？

「殿下、何故そこで掛け声が!?　そしてまたそのポーズです！　クハハハッ！」

「リリアス殿下、可笑しいです！　可愛い！　クフフフ……ッ！」

また2人で笑う。でも、最近はずっと空気が重かったからな。2人が笑っているのを見ているとなんだか少し嬉しい。思わずほっこりするよね。

「リリさぁ、何だか知らないけど、それやめようよ？」

「えぇー、だめぇ？」

「うん、ダメだね。リリ、ちゃんとしないなら教えないよ？」

「るー！　ちゃんとしてりゅもん！　めちゃ真剣！」

「じゃあ、次からはなしでね」

「あい……」

あぁー、俺のロマンがぁぁ……!!

「リリアス殿下、そろそろお昼にしましょう」

「ニリュ、わかった」

ニルと手を繋いで邸に入る。

「今日のおひりゅはなぁにかなー？」

お昼を食べてお腹が膨れたらお昼寝だ。そんな時にニルとオクソールに言われたよ。

「殿下、ちょっと笑いすぎました。すみません」

「え？　しょんなのじぇんじぇんいいよ。ニリュよりオクだよ」

俺は部屋に素知らぬ顔で控えているオクを見た。

「え、殿下。私ですか？」

「オクって本当はよくわりゃうよね」

「ククッ。あれは仕方ありません。そのお声と体型ですよ。殿下は時々とんでもなく面白い事をなさる」

「ふふふ、無邪気で可愛らしいです」

「えぇー、しょう？」

「そうですよ。３歳児らしくて。ずっとそうして笑っておられると良いのですが。さて私は、邸の周りを見回ってきます」

「あー、オクにげた」

「ふふふ。さあ、殿下はお昼寝しましょう」

なんか、ずるいよな。でも、いつもの空気が戻ってきたね。良かった。

俺はまだ体力がないんだよ。昼飯食べたら当然お昼寝さ。広いベッドに入って、小さく丸くなって寝る。こうすると、安心するんだ。

前世の家族は、元気でやってるかな。俺は元気だよ。こっちで頑張ってるよ。3歳児だけどね。


「……ん……ニリュ」

「殿下お目覚めですか？」

ショボショボする目を擦りながら起きる。

「何かお飲みになりますか？」

「うん、りんごジュースがいいな」

「はい、畏まりました」

そう言ってニルが、りんごジュースを取りに部屋の隅へ行った。

俺はヨイショと足からベッドを下りて、ソファに座って待つ。足をぷらんぷらんさせながら。

「ねえ、ニリュ。オクは？」

「まだ見回りに行かれてますよ」

りんごジュースが置かれた。俺はそれを両手で持ってコクコクと飲む。

「そう……ありがと。おいしかったぁ」

ソファにボーッと座る。

「リリアス殿下、お疲れですか？」

「ううん、違うの。るーは？」

「さあ？　どこに行かれたんでしょうね」

「やっぱ、いつもいないよね」

「ルー様ですか？」

「うん。るーは、いつもボクのしょばにいりゅっていうんだ。でも、いないよね？」

「そうですね。でも精霊様ですから。もしかしたら見えないだけで、いつもリリアス殿下を見守って下さっているのかも知れません」

「そうかなぁー。ニリュ、ご本のお部屋にいくよ」

俺は、ソファからヨイショと下りる。

まだ小さいから足が床につかないんだよ。ちびっ子だから。

「はい、リリアス殿下」

ニルに手を引かれて、通称『ご本のお部屋』に向かう。書庫って言うんだって。

字が読める様になったら、自分で本を選びたくなった。それで最近は、この部屋によく足を運んでいる。

「ニリュ、今日はお天気がいいかりゃ、お庭でご本をよもうかなー」

「夕方になるとまだ風が冷たいですから、お庭で読むなら午前中にされる方が宜しいですよ」

「そっかぁ、わかった」

そんな事を話しながら、お手々を繋いでご本のお部屋までポテポテ歩く。

廊下を歩いていると、何処からか、るーがパタパタと飛んできた。

「るー！　いつもいないの！」

全然そばにいないじゃないか。

「リリ、姿を見せていないだけさ」

「うそだぁー」

「嘘なんかじゃないよー」

「じゃあ、ボクの目をみて！」

「い、いや、僕もね。色々忙しいんだよ。でも、リリの様子は分かっているからさ」

ほら、いなかったんじゃないか。いいけどさ。

「さて、魔法の練習の続きをしよう」

「るー、魔法のご本を取ってくりゅよ」

「ああ、じゃあ初級の本にしなよ」

「うん」

初級魔法の本を抱えて、ルーとニルも一緒に裏庭に行く。

魔法の練習って言ってもさ、本当に俺にできるのか？

「さて、リリ。これからリリの魔法適性を見ようと思う。そのご本の最初のページに載っている事だね」

「まほうてきせー？」

俺は持ってきた本を広げて一緒に見る。

「そうだ。リリは、光属性を持っている事は知っているね。他の属性に適性があるか見るんだ」

ほう。光以外の魔法が使えるかどうかって事か？

「そうだよ。まず……魔法は想像力だ！」

ルーが胸を張って真っ白で綺麗な片翼を上げている。嘘だね。適性がないとダメって書いてあるじゃん。

「まあ、そうなんだけどさ」

ルー、もしかして俺の心を読んでる？

「そうだけど。今更だよ？」

いや、喋るより楽でいいよ。なんせ俺はまともに喋れないからな。

「リリが言葉遅いんじゃない？」

やっぱ、そう思うよね。俺もそう思う。でも、ルーが1人で喋ってるからニルが変な顔して見ている。気付かない振りをしておこう。

「まず、そうだな。一番適性が多くて発動しやすい、火と水だな」

火と水か。益々アニメだな。

「はい、身体の中の魔力を意識してー、イメージしてー、片手を前に出してー、ファイヤーボール。言ってみよう」

自分の身体の中の魔力を意識して……片手を前に出して……

「ふぁいやーぼーりゅ」

シーーーン…………

「るー、ダメじゃん！」

「んー、ちゃんとイメージしたかい？　あれかもな。『りゅ』だな」

はぁっ？　意味が分からない！

「リリ、心の中だけで言ってみたら？」

心の中だけかよ……んー……ファイヤーボール。

すると、前に出した掌から小さな炎が出た。

「わわっ！　火の玉が出た！」

「ふむふむ。簡単にできたな。やっぱり、原因は言葉だね。だけど、詠唱しないで魔法を発動するなんて、そう簡単にできるもんじゃないんだよ。普通は、何年かかっても無詠唱なんてできないんだ。リリの膨大な魔力量といい、魔法を使う時のセンスといい規格外だね」

「しょうなの？　もしかして、るー、りゃりりりゅりぇりょがダメ？」

「みたいだね」

ニル、こっそり笑ってんじゃないからね。背中を向けていても肩が揺れているからバレバレだよ。

気持ちは分かるけど。

「まあ、無詠唱って事でいいんじゃない？　はい、次。ウォーターボール」

……ウォーターボール
「おおー！　お水が出た！」

「うんうん、いい感じだ。じゃ、次。アースショット」

……アースショット
「できた……石の弾？」

「そうだね。次、ウインドカッター」

……ウインドカッター
「おお、風の刃？　こりぇいいね」

なんだよ、俺できるじゃん！

「じゃ、次。アイスボール」

……アイスボール
「お！　氷が出た」

「どんどんいくよ。サンダーボール」

……サンダーボール

「雷！　でも、ビリビリしないんだね」

「はい、次。ライト」

……ライト
「あー、そのままだね」

「じゃ、最後だよ。自分の方に手を向けて、ヒール」

……ヒール
「ん？　なあに？　フワンフワンあったかくなった」

「ヒールは回復魔法なんだよ。光属性のね」

「じゃあ……」

「ああ、リリは全属性持ちだね」

「全属性……!?」

あれ？　ニルが驚いてる？　あれ？　変なのか？

「じぇんじょくしぇいって、そりぇってどうなの？」

「どうって？」

「ふちゅうはどうなのかな？」

「そうだね、ライトなんかは誰でもできるんじゃない？　ライトやファイヤー等は、生活魔法と呼ばれている位だしね。それでも、全属性持ちはあまりいないよね。だから、内緒にする方が良いかな」

「ないしょに……そこまれ？」

「はい、全属性はあまり聞いた事がありません」

ニル、そうなのか？

「ああ、リリの親には知らせておく方が良いかな。次、行くよ」

「まだありゅの？」

「今やったのは、まだ全部初級だからね。はい次……」

結局、中級魔法と空間魔法、身体強化、防御、シールド等補助魔法も使える事が分かった。

「リリがあんな変な事しなきゃ楽勝なんだよ」

「変なことってなぁに？」

「せいっ！　とかさ」

「ふふふ……」

あーー、すんません。憧れなんだよ。またニルが笑ってるよ。

「ふーん。思いっきり笑われてたけどね」

はい、申し訳ないです。

「あとね、使えば使う程上級魔法が使える様になるからね。練習あるのみだ。それから、リリは無詠唱だね。心の中だけにしてね。気をつけなきゃいけないよ。万が一の時に発動しなかったら危険だからね」

「ちゃんと喋りぇりゅようになったりゃ、声にだしてもだいじょぶ？」

「その頃には、慣れて無詠唱が当たり前になってるよ」

それもそうだ。ルーさん、ごもっともです。

「それにしてもさ。流石、大樹に花を咲かせただけあるよね。これだけ連続で魔法を使っても魔力切れしないいんだからさ。まだまだいけるだろ？」

「んー、わかんにゃい」

「殿下、普通は魔力切れを起こしていますよ」

「リリの魔力量は膨大だからね。本当に初代みたいだ」

「ふぅーん。まりょくぎれって、どうなりゅの？」

「意識を失うんだ。下手したら命に係わるよ」

「きょわい」

「リリはよっぽどの事がない限り大丈夫だよ」

と、その時だ。裏庭の隅で何かが倒れる様な音がした。

「……ウゥッ……」

「え？　るー、なに？　ニリュ？」

「獣人だ。あれは狼かな？　珍しいな」

ルーが見ている方を俺も見る。

そこには、青み掛かったシルバー色の髪に動物の耳と、豊かでフサフサな尻尾のある青年が倒れていた。

「るー！　たしゅけなきゃ！　たいへんら！」

「リリ。良いのか？　悪人かも知れないよ」

「殿下！　危険です！」

「だって倒れてりゅ！　けがしてりゅよ！」

トテトテ走って行くが、なんせ3歳だ。遅い！　超遅い！

俺達が魔法の練習をしていた邸の裏に、境界を示す様な柵が設けられている。

そこにその獣人は倒れていたんだ。

大変だよ。一目見て血を流しているのが分かる。

「るー、オクを呼んできて！　早く！」

「分かったよ。危険な奴かも知れないから近寄るんじゃないよ。ニル、頼んだよ！」

そう言ってルーが消えた。近寄るなって、放っておける訳ないだろ。俺は医師だぞ。前世だけど。

「殿下、だめです。これ以上は」

「ニリュ、だいじょぶ。気をうしなってりゅよ。そりぇよりすごい血なんら。どうしよう」

倒れている背中に鞭の跡があった。鞭？　鞭で打たれたのか？　血が止まらない。応急処置しないと！

消毒して止血して……て、そうだ！　この世界は魔法で回復できるんだ。今さっき、やったとこだ。落ち着け俺。深呼吸して倒れている獣人に向かって手を翳《かざ》し心の中で詠唱する。

『ヒール』

淡く白い光が獣人の身体を包んだ。

「殿下、それは……！」

だが、まだ傷が塞がらない。深いな。

ニルが驚いているが、この際後回しだ。

『ハイヒール』

と、また心の中で詠唱した。

さっきよりも強い光が獣人の身体を包んで消えていった。あ、傷が消えていく。呼吸も落ち着いてきた。

「殿下、こちらへ」

ニルが俺を獣人から引き離す。獣人はまだ意識が戻らない。

「殿下!!」

オクソールが慌てて走ってきた。

ルーがオクソールの直ぐ後ろを飛んでいる。

「オク！　おねがい！　お部屋にはこんで！　おけがしてりゅの！」

「殿下……これは……！」

「オク！　早く!!　ひどい怪我だったの！　なおってりゅはじゅだけど、血を流ししゅぎてりゅかも知りぇない。リェピオスよんで！」

「とにかく、殿下。邸に入りましょう」

そう言って、オクソールは獣人を担いだ。軽々とだ。驚いたよ、凄いな。

いやいや、感心している場合じゃない。

「ニリュ！　おねがい、ボクだっこして！　はしって！」

「はいッ！　殿下！」

そう言って両手を出す俺を、ニルはヒョイと抱き上げて、オクの後を走って付いて行った。ニル、逞しい。

「オクソール様！　取り敢えず、客間に！」

「ニル殿、分かった！」

途中で使用人にレピオスを呼びに行かせて、ニルの言った客間へと急ぐ。

ベッドに寝かせるにも服は破れて血塗れだ。傷は治せても血は消せないのか？　服や身体の汚れは？

「るー、よごりぇを落としゅのは？」

「ああ、リリ。クリーンだ」

よし、『クリーン』。

そう心の中で唱えると、獣人の身体の汚れや血塗れの服がシュルンと綺麗になっていく。ついでにオクソールに着いた血も消えてなくなる。

「……！　殿下、魔法を!?」

「うんオク。ちゅかえりゅようになったの。それより早くねかせてあげて！」

「失礼します！　殿下！」

レピオスが来てくれた。

「リェピオス、傷ちゅいて血まみりぇだったの。鞭でたたかりぇたきじゅみたいだった。きじゅは治したけど、たくさん血がでてたかりゃみてあげてほしいの！」

「分かりました。拝見しましょう」

レピオスが診てくれているうちにニルと話す。

「ニリュ、ありがと」

「いいえ、殿下にお怪我はありませんか？」

「ボクはなんともないよ。ニリュ、彼が着りぇそうなおようふくはない？」

「何か見繕ってきましょう」

「うん、おねがい」

「殿下、怪我は殿下が治されたのですか？」

レピオスがスキャンを終えたらしい。

「うん。ひーりゅでダメだったかりゃ、はいひーりゅをしてやっと傷がふしゃがったの。ひどいけがらった」

「殿下！　ハイヒールを使えるのですか!?」

「うん、るーにおしょわったとこ」

「教わったとこ……？」

「うん。るーに裏庭で魔法をおしょわっていたときに、彼がドサッてたおりぇたの」

「教わってすぐに中級魔法を使えるとは……！　殿下のハイヒールがなければ命を落としていたかも知れません。かなりの出血だったようです。暫く安静が必要ですね。では私は薬湯を作って参ります」

「うん。リェピオスおねがい。ありがと」

「オクソール、狼の獣人だな」

「ええ、ルー様」

狼だと何かあるのか？

「オク？　なあに？」

「……殿下。狼の獣人は希少なのです。私が獣人なのはご存じですね？」

「うん。獅子らよね？」

「はい。獅子も少ないのですが。彼の青み掛かったダークシルバーの髪色から推測すると、狼の獣人の中でも純血種かも知れません。狼の獣人の髪色は普通だと茶色か黒なので」

「じゅ、じゅんけちゅしゅ？」

悲しいほど言えてない。

「はい。希少な狼の獣人の中でも更に希少な純血種です。今はもう絶滅したのではないかと言われております」

そんなに……！　日本狼みたいだ。

「もしかしたら、彼は違法の奴隷商人に捕まり逃げて来たのかも知れません」

奴隷商人!?　最悪なワードが出てきた。命を命と思わない奴等だな。

「オク、奴隷って……だかりゃ鞭でぶたりぇたのかな？」

「そうかも知れません。帝国では奴隷は違法です。しかし例外はあります。罪を犯して服役している者は、犯罪奴隷になります。法律で許されている奴隷は国が管理している犯罪奴隷だけです」

「違法の奴隷商人て、どういうこと？」

「闇取引をしているのでしょう」

「やみとりひきなんて……」

「はい。許せません」

「オク、探りぇない？」

「やってみましょう」

「おねがいッ！　他にも同じようなことをさりぇていりゅ人達が、いりゅかも知りぇない。たしゅけ出さなきゃ」

「はい、殿下。では、私が調べに出ている間は邸から出ないと約束して下さい。庭にもです」

「どうして？」

「彼の血の跡を辿って来るかも知れません。まず血痕がないか探しますが、用心して下さい」

なるほどー。オクソール頭良いなー。

「わかった。お邸の中でおりこうさんにしてりゅ」

「お願いします。それでルー様」

「なんだい？」

「私が離れる間、リリアス殿下をお願いします」

「ああ、分かったよ」

「殿下、服を着替えさせますので、殿下は部屋にお戻り下さい」

おお、ニルできる侍女だね！　仕事が早いね。

「うん。ニリュ、じゃあおねがい」

「はい、畏まりました」

「殿下、部屋までお送りしましょう」


俺はオクソールと一緒に部屋へ戻ってきた。ルーもパタパタ飛んで付いてきている。

「オク、奴隷商人がどうして獣人をさりゃうの？」

「希少な獣人を欲しがる貴族がいるのです。奴隷商人がどうやって狼獣人を見つけたのかは分かりませんが、希少であればある程高値で売れます」

「買ってどうすりゅの？」

「さあ。それは私にはハッキリとは分かりませんが、獣人は皆人間より身体能力が高いので働かせるか若しくは女性の獣人でしたら慰み者にするのか」

　慰み者て何だよ。どこの世界でも人間の悪いところは変わらないのか。

「では殿下、私はこれで」

「うん、無理はしないで。オクも気をちゅけてね」

　オクソールに任せたから大丈夫だ。俺にできることは何もない。でも、落ち着かない。

「リリ、気になるのかい？」

「うん。るー、だってあんなひどい怪我させりゅなんて……」

「人間の中には欲深い者がいるからね。リリだって被害者なんだよ」

「ボクが？」

「ああ、殺されかけたじゃないか。殺意がある分、鞭より酷いよ」

　ああ、あれも欲か……そっか……

「そうだよ。自分にはない立場、自分にはない髪色、自分にはない魔法適性。彼女の母親もそうだね。そんな風に思わなければ、今も皇女として何不自由なく幸せに暮らせていた筈だよ」

　そうか……そっか……

　どの世界も変わらないんだな。

「殿下、お疲れではありませんか？」

　そう言いながら、ニルが部屋に入ってきた。

「ニリュ、ありがと。迷惑かけちゃった？」

「いいえ、殿下。何を仰いますか、迷惑なんて掛かっていませんよ」

俺はニルに抱きついた。ま、残念ながら、小さいから足にしがみ付くみたいになるんだけどさ。

「まあ、殿下。どうなさいました？」

ヒョイとニルに抱き上げられる。そして俺はニルの首にしがみ付く。

「ニリュ、ありがと。ボクは恵まりぇてりゅ。ニリュやオク、そりぇにるーもいてくりぇてよかった」

「殿下、勿体ないお言葉です。有難うございます。さあ、殿下。夕食にしましょう」

「うん」


「殿下、溢されますからスープは私が」

俺は今、食事中だ。ニルがスープを飲ませようとするので、攻防中だ。

「だめ。ニリュは手をだしゃないで」

ニルはやたらと俺に食べさせたがる。そりゃまだ食べ方は下手だけどさ。食べさせてもらってばかりだと、いつ迄たっても下手なままだろう？

だから俺は下手でも一生懸命食べるのさ。口の周りがベットベトだけど。

この世界、食事も豊かで良かったよ。なんせ前世食に拘《こだわ》る日本人の俺にとっては、食事事情は重要だ。

「んー……おいしいね～」

モグモグとちょっぴり唇を尖らせて食べる。もちろん、ほっぺも膨らんでるさ。ウマウマさ。

「美味しいですか？　シェフが喜びます」

「うん、おいしい。いちゅもおいしいよ。ありがといわなきゃ」

「有難うですか？」

「うん」

「シェフにですか？」

「うん。いちゅもおいしい食事をありがと。ていわなきゃ」

――ガタッ!!

「……？　ニリュ？」

「……ああ、殿下。お気になさらず」

ええ!?　だって今、明らかにドアの所で音がしたよ。人がいるだろ？

「ニリュ？　なあに？」

「シェフです」

「シェフ？」

「はい。シェフは気になるのだそうです」

「なにがぁ？」

「殿下が美味しく召し上がっておられるか、気になるのだそうですよ」

「え……もしかして、いつもいりゅの？」

「はい。やめる様には言っているのですが」

そうなのか？　なんだそれ？　もしかして、口に合わないと辞めさせられるとか？　それで心配してる？

「……ニリュ。ボクって、きりゃわりぇてりゅの？」

心配そうに眉を下げてニルに聞いた。

「え!?　殿下が嫌われている訳ないですよ？　皆、殿下の事が大好きです。お可愛いらしくて朗らかで、いつも私達に有難うと言って下さいます。皆、殿下にお仕えできる事を喜んでいますよ。どうなさいました？」

「もしかしてね、ボクがおいしくないといったりゃ、シェフは辞めさせりゃりぇちゃうの？」

「いいえ。何故そんな……ああ殿下、違いますよ」

何がだ？　何が違うんだ？

「……？」

「シェフが気にしているのは、それではありません」

「そうなの？」

「はい。殿下のお世話をさせて頂いている者は、皆殿下の事が好きですよ。殿下に健やかに過ごして頂きたくて、毎日頑張っております。先日のフォラン様の事では、皆とても心配しておりました。殿下はお優しいので、お心を痛めておられるのではないかと。殿下は暫く普通のお食事ができませんでしたから、シェフは余計心配したのでしょう。やっと普通にお食事ができる様になられたので、気になって我慢できない様ですよ」

皆そんなに心配してくれていたのか？　なんて事だ！　思わず手に持っていたスプーンを握りしめる。

「ニリュ、ボクはほんとに恵まりぇてりゅよ」

「殿下？」

「シェーフー！　はいってきてー！」

と、俺は部屋の中から大声で、ドアの外にいるだろうシェフを呼んだ。

——ガタッ……ドサッ!!

「シェーフー！　はやくぅー！」

白い服を着て腰に白いエプロンをした、シェフらしき人物がオズオズと入ってきた。シェフと言うよりも騎士と言う感じの体格だ。その上、白いエプロンの上から剣帯をつけている。おや？　なんだ？　三角巾か？　頭に白い布を巻いている。体格から受ける印象と、とってもアンバランスなんだけど。

「殿下ぁッ、失礼をばッ！　大変申し訳ございませんッ！」

ガバッと頭を下げた。だから俺は満面の笑みで元気よく言ったんだ。

「シェフ、いちゅもおいしい食事をありがとう！」

「……ッ！　殿下ぁ!!」

あらら、目がウルウルしているよ。大丈夫か？　キャラが濃いな。

「とんでもございません！　食べられる様になられて、ほんっとうに良かったですー！」

うん、テンション高いね。

「シェフ、ありがと。ちゅぎかりゃ気になりゅなりゃ部屋へはいってきてね」

「……!!　と、とんでもございません！　私などがお部屋に入るなど……！」

「こっそりお部屋の外にいりゃりぇりゅ方が、ボクはいやだよ」

「申し訳ございません。厨房で大人しくお待ちしますので……」

あらら、シュンとしちゃった。

「そう？　ほんとに入ってきていいよー」

「はいッ！　では！　時々でお願いします！」

何それ？　時々てなんだ？　まあ、いいけど。

「そう？　シェフの好きにしていいよ」

「はい！　有難うございまっす！」

アハハハ、嬉しそうだ。


狼の獣人を保護してから数日が過ぎた。あれから何かあった訳でもなく、俺はいつもの日々を過ごしている。

「……ふわぁ……」

今日もいい天気だ。スッキリ目が覚めた。若い身体はいいな。前日の疲れが残ってダル重い目覚めなんて皆無だ。

「殿下、おはようございます」

ニルが部屋のカーテンを開けてまわる。部屋に陽射しが入って明るくなる。

「ニリュ、おはよう」

そう言って俺はベッドから出て、顔を洗い、ニルに手伝ってもらって着替えを済ませる。殆ど着せてもらってるんだけどね。３歳児だからさ。

「お食事になさいますか？」

「うん、今日もきてりゅの？」

「はい、スタンバイされてます」

「そう、じゃあおねがいね」

ニルに椅子へ座らせてもらう。座面が少し高くなっている子供用の椅子だ。

さて、今朝もドアの向こうでスタンバっているのは例のシェフだ。結局あれから毎日毎食スタンバっている。何が時々だよ。いいけどさ。面白いし。キャラが濃いんだよ。

「殿下！　おはようございますッ！　今日の朝食をお持ちしましたッ！」

ただな、朝からテンションが高いんだよ……無駄に高い。超元気なんだ。

「シェフ、おはよう。今日もおいしそうだね」

「殿下、なんと、今日は葡萄ジュースがございますよ！」

「なに？　シェフおしゅしゅめなの？」

「はいッ！　葡萄は本来なら夏の終わりから秋にかけて収穫するので、今の時期は手に入らないのです！　ですが今回、帝都よりずっと南にある街から商人がジュースにして持って参りました！　帝都ではお目に掛かれませんよ！」

そうなのか？　葡萄の収穫時期なんて知らなかったな。だって日本だと年中何かしらの葡萄があるイメージだ。ほら、お見舞いの果物セットみたいなさ。あるだろ？

「そうなの？　じゃあ、ぶどうジュースにすりゅ」

「はい！」

そう言ってシェフは、俺専用のコップにジュースを入れた。

「ありぇ？　シェフ、色がちがうね」

「殿下、そうなのです！　このジュースの葡萄は紫ではなくて、グリーンなのです！」

ほうほう、マスカット的な種類かな？　シャインマスカットとか？　あれ、高いよねー。でも、超美味いよなー。と思いつつ、両手でコップを持ってコクンと一口飲んだ。

「シェフ！　何こりぇ！　とってもおいしいッ！」

なんだこれ？　これ葡萄ジュースなのか？　甘味と酸味のマリアージュ！　のど越しさわやか、なのにしっかりと葡萄が味わえる！　なんてね、思わず食レポしてしまったよ。でも、本当に美味い。思わずゴックゴク飲んじゃった。シャインマスカットが霞んじゃったよ。異世界侮るなかれ。

「そうでしょう！　そうでしょう!!　滅多に手に入りませんが、絶品でしょう！」

シェフが、ドヤっている。

「うん！　おいしい！　ねえ、ニリュものんで！」

「え？　いえ、殿下。私は……」

「いいかりゃニリュものんで！」

この美味しい感動を共にだよ！　一緒に味わおう！

「では、一口だけ頂きます」

ニルは、カップに少し葡萄ジュースを入れて飲んだ。どーだ？　美味いだろ？　超美味いだろ？

「……まあ！　殿下、本当に美味しいです。こんな葡萄ジュースは飲んだ事がありません。スッキリ爽やかで、でも葡萄の風味やコクはしっかりあって……」

お、ニルも思わず食レポしてる。上手いもんだ。まいうー。

「うん、おいしいね～！」

その間にも俺はしっかり食べてるよ。ナイフとフォークの食事にも慣れてきた。時々箸が欲しくなるけど。

と、言うか、子供用のナイフとフォークはないのかな？　3歳児には大きくて重いんだよ。

「シェフ、ごちしょーさま。今日もとってもおいしかった！」

シェフに向かって、満面の笑みで作ってくれた礼を言う。心からの礼だよ。だって、シャフが部屋に来る様になってから賑やかでいい。朝はもう少しテンション抑えてくれたらもっといいよ。

「殿下！　有難うございますッ！」

ガバッと頭を下げて、シェフは空の食器を乗せたワゴンを押しながら満足気に出て行った。

「……ふぅ……」

「殿下、分かります。テンションですよね」

「しょうなの。朝かりゃあのテンションはね」

「でも殿下、シェフは一日中あのテンションですよ」

そうなのか!? 一日中アレなのか!? それはそれは……

「……元気だねぇ」

──コンコン
誰かと思ったら、レピオスだ。朝からどうした？ 獣人に何かあったのかな？

「失礼致します。殿下、例の獣人が今朝早くに目を覚ましました。お会いになりますか？」

「リェピオス、しょうなの？ もちりょん会いたい！」

怪我をして、倒れていた所を助けた狼の獣人。あれから丸2日も意識が戻らなかった。それでも、レピオスは薬湯を飲ませ、メイド達は交代で水を口に含ませたり身体を拭いたりと世話をしてくれていた。

点滴があればなぁ。ないんだよなー。Dr. J◯Nなら作ったかな？ まだ注射器の方が作れるかな？ しかしこの世界の薬湯は侮れない。青臭くて酷く苦いが、かなり効果が高い。今度、材料や作り方を教えてもらおう。

「ニリュ、オクはまだもどってこないの？」

俺は、ニルと手を繋いで歩きながら聞いた。

「はい、まだですね」

「るーもいない」

「そうですね。でもルー様はお姿が見えないだけですよ。多分」

オクソールがいない間、ルーがそばにいるはずなのに、やっぱりあいつはいい加減だ。

「殿下、どうぞ」

レピオスがドアを開けてくれると、ベッドの中で身体を起こそうとしている獣人が見えた。

「だめだめ、無理しないで。ねていてね」

俺が声を掛けると、素直にベッドに寝た。大人しいんだな。

「ありぇ？　お耳がないね？」

そう、助けた時は青み掛かったシルバー色の耳と立派な尻尾があった。それが、今はない。一見、普通の人間だ。

「殿下、あの時は獣人の力を部分的に解放して無理に走っていたから耳と尻尾が出ていたそうです」

「え？　あんなにひりょい怪我していたのに、はしっていたの？」

「自分で話せますか？」

レピオスが獣人に問うと、獣人は少し頷いた。

「無理にはなさなくていいよ。でも、お名前をおしえてほしいな。ボクはリリ」

「……！」

なんでビックリした顔してんだ？　俺、何か変な事言った？　言ってないよな？

「だから、言ったでしょう？　殿下は君が知っている貴族達とは違うと」

貴族？　貴族に何かされたのか？

「……？　りぇぴおしゅ？」

「殿下、本人の口からお聞きになる方が宜しいかと思います」

「お話ししてだいじょぶ？　ちゅかりぇないかなぁ？」

「長くならなければ、大丈夫ですよ」

「そう」

「殿下、お座り下さい」

ニルがベッドの横に椅子を持ってきてくれた。よく気がつくね。良い嫁になるよ。

「ニリュ、ありがと」

俺はニルに座らせてもらうと、獣人に向き合った。

「じゃあ、ありゃためて。ボクはリリでしゅ。よりょしくね。君のお名前を教えてくりゃさい」

「俺……俺は……リュカ・アネイラ。狼の獣人だ」

「リュカ」

ああ、また『ら行』だよ。ワザとじゃないよな？

「リュカはいくちゅ？　ボクは３歳」

小さな短い指をぎこちなく3本立てて見せる。

「さ、3歳!?　でも俺を魔法で助けてくれたと……」

「うん、魔法でたしゅけたよ。で、いくちゅ？」

「俺は……19歳」

「そうなの！　ニリュより1つおにいしゃんだね」


俺は、リュカ・アネイラ。19歳だ。狼の獣人だ。実は俺は純血種と言われる希少な血筋だ。同血族内での婚姻に限り血筋を守ってきた。狼の遺伝子を残してきたんだ。

俺達が住んでいた村は助けてもらったこの邸の向こう、伝説の湖よりまだ奥に入った場所にある。人間が入らない森の奥でひっそりと暮らしてきた。

昔から俺達狼獣人は人間に乱獲されてきた。珍しいと言う理由だけで、俺達を捕獲するんだ。そうして、捕獲された仲間達は奴隷にされ使役されてきた。

人間はずる賢い。俺達獣人は身体能力では人間には負けない。だが、それでも人間は脅威になるんだ。

だから、人間に見つからない様に、目をつけられない様に、ひっそりと生きてきた。

俺の父親が村の長《おさ》を務めている。代々、1番強い息子が長を、1番知恵のある息子が副長を継いで村を治めてきた。

だが、その村が見つかってしまったんだ。

ある日突然、妙に愛想の良い商人がやってきた。俺達の村に一番近い街から、隣街に行く途中で迷い込んでしまったと言っていた。丁度良いからと、村で育てた野菜と珍しい物を交換してくれた。それは葡萄ジュース。今迄、味わった事のない美味しいジュースで、大人も子供も皆喜んで飲んだ。それが、罠だった。

商人に貰った葡萄ジュースを飲んだ者達は次々と倒れていった。葡萄ジュースの中に睡眠薬でも入っていたのだろう。

俺もいつの間にか意識がなく、気がついたら牢の中だった。村人全員だ。しかしまだ、殺された者はいない。

俺が何とかしなければ。頭を使うんだ。なんとか皆を助けないと。

此処は一体どこなんだ？　見張りがついている。この見張りが牢の鍵を持っているのか？　兄貴は？　親父は？　どの牢にいるんだ？

その時、俺達狼獣人にしか聞こえない音域で親父から皆に指示があった。

とにかく、誰か1人でも脱出する事。そして、俺達の村近くの街にいるらしい支援者に助けを求める事。それから、俺達の村よりもさらに奥にある同族の村に助けを求める事。

牢に入れられている者全員への指示だ。支援者の名前や住んでいる場所も初めて明かされた。誰か、誰か1人でも外に出られたら……。

牢に数人の人間がやって来た。こいつら何だ？　兄貴達は警戒して威嚇していたみたいだが、俺は人間達に警戒されない様に大人しくしていた。そのせいか俺のほか数人、手足に枷をつけられ牢から連れ出された。

連れて行かれた部屋には、綺麗で高そうな服を着た人間達がいた。貴族か？　こいつらの顔を覚えておく。

村に来た商人もいた。商人じゃなかったのか？　服装が違う。もしかして、奴隷商か？　仲間だったのか!?

貴族らしき奴等と、金の話をしている。俺達を売るつもりなのか。

話が纏まったのだろう。人間達はニヤニヤしながら、ワインを飲みだした。逃げるなら今だ。人間達が油断している今だ。

俺は一緒に連れて来られた仲間に合図した。時間を稼いでくれ。俺が外に出て助けを呼んでくる。

そして俺は脱走した。人間がつけた手足の枷など、俺達狼獣人が本気になれば何と言う事もない。

一気に俺は、手足の枷を壊して窓をぶち破って外に出て走った。

此処はどこだ……辺りを見回して確認する。やった！　村に一番近い街だ！　親父が言っていた支援者のいる街だ！

俺は街中を駆け抜けた！　追手が迫るが獣人の俺に追いつける筈がない。

無事俺は支援者の下にたどり着いた。支援者は驚きながらも、親父の名を言うと匿ってくれた。

部屋に通された途端、背中に激痛が走った！　何度も、何度も！　鞭で打たれた！

血が流れてくる。力が入らなくなる。クソ、クソッ！　こいつも仲間だった！　こいつが俺達の村を売ったのか!!　人間はなんて汚いんだ！

俺はまた逃げた！　鞭を持った男を突き飛ばし、ドアに体当たりして外に出た。走って走って走り続けた！　だが、血を流した事で本来の力が出ない。

少しだけ獣人の力を解放した。耳が出る。尻尾が出る。目立つが逃げる為には仕方ない。

走った！　走って湖を目指した！　あの湖の水なら傷も少しは癒える。あの湖まで行ったら村はすぐそこだ！　もう少しで湖だ！

なのに俺は力尽きてしまった。クソッ！　俺は死ぬのか？　皆を助けられないまま死んでしまうのか!?

その時、意識を失う寸前に子供の舌ったらずな声を聞いた。

「るー！　たしゅけなきゃ！　たいへんら！」

「リリ。良いのか？　悪人かも知れないよ」

「だって倒れてりゅ！　怪我してりゅよ！」

助けてくれるのか……？　誰でもいい……助けてくれ……！　村を……村人を……助けて……！

そして俺は意識を失った……

「ボクもぶどうジュースのんじゃった……！」

リュカから全てを聞いて、俺が先ず言った一言だ。

「殿下、そこが重大なのではなく……」

「ねえ、リュカ。そのぶどうジュースは紫だった？　うしゅい緑だった？」

「……え？」

「どっちのいりょだった？」

「あ、ああ。緑だった」

「殿下、ですから葡萄ジュースが重要なのではなくてですね……」

いや、レピオス何言ってんだ！　重要だろう！

「ニリュ、シェフに聞いてきて！　ぶどうジュースを売った商人が、まだ街にいりゅかしりたい！」

「あ、なるほど。その商人から辿るのですね」

そうだよ、レピオスやっと分かったのか。事と次第によっては商人も保護しないと危ないぞ。

「るー！　るー！　いないの!?」

「いるよ！」

ボンッと、ルーが光と共に姿を現した。

「るー、じぇんぶ聞いてた？」

「ああ、聞いていたよ」

「じゃあ、オクをしゃがして聞いたことをお話ししてきて！」

「分かった！」

ポンッとまた消えた。あいつ、やっぱ姿が見えなかっただけなのか？

「リュカ、お話ししてくりぇてありがと。そいつりゃ、ちゅかまえりゅかりゃね。じぇったいに！」

リュカが変な顔して俺を見てる。あれ？　通じなかった？　特に『ら行』が、まだ言えないからさぁ。

「リュカ？　どうしたの？」

「人間は、貴族は……俺達を売り払おうとした。お前は……違うのか？」

「リュカ。このお方は、この帝国の第5皇子であらせられる、リリアス・ド・アーサヘイム殿下だ」

なんとか黄門様みたいな紹介じゃん。レピオスやめてー！　超恥ずかしいよ！

「……皇子殿下！」

「そうだ。私達はこの方にお仕えしている。安心しなさい。このお方はその様な貴族達とは違う。私達と一緒に怒って下さる。ご自身よりも、周りの人間を大切にされる。お前は最高のお方に救われたんだ」

レピオス、ちょっと大袈裟だぞ。俺は普通だ。

「……俺達を……助けてくれるのか？」

リュカが俺を見た。

「リュカをたしゅけてかりゃ、オクがしりゃべてりゅんら」

「……⁉」

あー、もう！　『ら行』の呪いだよ！　ニル訳して！

「貴方が倒れているのを殿下が見つけて保護されてから、殿下の護衛のオクソールと言う者が調べに出ています」

そうそう。流石ニルだね。完璧だ。

「オクも何かみちゅけていりゅかも知りぇない。オクとるーが戻ったりゃ、とーしゃまにもしりゃせてもりゃう」

「オクソールが……」

「あ、いや。今度は分かった」

ニルが訳そうとしたのに。リュカ凄いじゃん。俺の『ら行』もう分かってくれたんだ。

「オクが戻ったりゃ今のこと話してね。覚えてりゅこととじぇんぶね。支援者のことも、どんな邸だったのかもね。おねがい」

「ああ、分かった」

「リエピオス、リュカのかりゃだはどうなの？」

「殿下がハイヒールを掛けて下さったお陰で、もう大丈夫ですよ。柔らかい物から食べ始めましょう」

「しょう！　よかった！」

「えっ⁉　ちょっと待ってくれ」

何だ？　リュカは何ビックリしてるんだ？

「3歳だろ？」

そうだよ、俺は3歳児なんだよ。

「3歳の子供がハイヒールなんて……！」

「本当ですよ。殿下がヒールとハイヒールを重ね掛けして下さったお陰で、君は助かったのですよ」

そうなの？　ハイヒールしておいて良かったよ。

「マジか……！」

ルーに教わったばかりだったけどね。できて良かったよ。


「ねえニル、オクとるーはまだ？」

俺は部屋で待機だ。オクソールとルーが戻って来るのを待っている。

「そうですね。先にリュカの話を聞かれているのではないでしょうか？」

「しょうかな……？」

じゃあ、ルーだけでも戻って来ないかな。焦れったいな。

――コンコン
「殿下、失礼致します」

オクソールだ！　やっと戻って来た！　待ってたよ！

「オク！　リュカの話をきいてくりぇた？」

「はい、殿下。それと、私からもご報告があります」

なんと、オクソールは奴隷商を突き止めていた。

リュカの血痕を消しながら進んでいると、不審な奴等を見つけたんだそうだ。きっとリュカを探していたのだろう。オクソールはその不審な奴等を尾けて行った。

この邸から一番近い街で、普段は奴隷商とは分からない様に金貸しをしているらしい。金貸し自体は違法じゃない。

しかし、その建物の裏口に、時々人間や獣人らしき子供を乗せた幌馬車が横付けされる。

その金貸しの建物を見張っていると、貴族が入って行ったのでその貴族の後を尾けて身元を確認したそうだ。

「オク、決まりだよね」

「はい、殿下。どうなさいますか？」

「あのね、みんなちゅかまえたいの。逃がしたくないんだ。リュカの村の人達だけじゃなくて、みんな助けたいの。他にも、奴隷商を利用していりゅ貴族がいたりゃちゅかまえたい。だかりゃ、とーしゃまにも知りゃせりゅ。オク、そりぇでいいかな？」

「はい、直ぐにお知らせして兵を出して頂きましょう。この邸の警備兵だけでは心許ないです。ルー様」

オクソールが呼ぶと、ルーが姿を現した。

「はいな。あの皇帝の所に知らせに行けばいいんだよね？」

「お願いできますか？」

「ああ、一瞬で行ってきてあげるよ。だから、早まらずに待ってな。返事を貰ってくるからね」

「お願いします」

「るー、おねがい！　早くね！」

「ああ、任せて。行ってくるよ！」

ポンッとルーが消えた。

「殿下、ルー様が言っておられた様に焦ってはいけません。陛下の返事を待ちましょう」

「うん。わかった」

「殿下、オクソール様、お食事にしましょう。オクソール様もしっかり食べて下さい。力をつけないと！」

ニルの言う通りだな。しっかり食べないと！　だが、その前にだ。俺はオクソールをじっと見た。

「オク、きちゃないね」

「殿下、申し訳ありません。血の臭いを辿るために這いずり回ったもので」

「ううん、いいの。がんばってくりぇてたんだかりゃ」

『クリーン』

俺は心で呟いた。オクソールの身体の汚れがシュルンッと綺麗になった。鬣の様な金髪もサラッサラだ。

クリーン位、オクソールも勿論できるんだけど、俺がしたかったんだ。気持ちだよ、気持ち。

「殿下、有難うございます」

「オクもいっしょにお昼たべようね」

「いや、私は……」

「いいの、きっともういいりゅかりゃ」

「は？　いる？」

「シェフー！　オクの分もおねがい！」

「はいッ！　殿下ッ！　今直ぐに！」

ほら、やっぱいたよ。

「ニル様、先に殿下のお食事です。お願いしますッ！」

「はい、分かりました」

そして、シェフはダッシュで厨房に戻って行く。早いな～。

「殿下、いったい……？」

そうだよね、オクソールにしてみたら不思議だよね？　取り敢えず先に俺はいただきますしよう。

「ニリュ、せちゅめいおねがい」

はい、ニルにシェフの事を説明してもらいました。

「ブフフッ！　食事時になると、ドアの外でスタンバっているのですか？」

「しょうなの……ビックリしたよ。道理でいちゅもニリュが早くだしてくりゅ訳だよね」

「ククク……！」

　オクソール、お前絶対に笑い上戸だよな。ま、俺はでっかいナイフとフォークで一生懸命食べるよ。ついつい口いっぱいに頬張って、ニルにほっぺを拭かれてしまう。俺３歳児だ。

「オクソール様、お待たせしましたッ！　ニル様もどうぞ！」

「うん！　ニリュも一緒に食べよ！」

「いえ、とんでもないです。シェフ!?」

　へっ？　何でしょうか？　て顔してるぞ、シェフが。

「いいじゃない。ニリュも一緒にたべちゃおう。ね、オク」

「はい、ニル殿。諦めた方が良いですよ。私は頂きます。腹が減ったので」

「皇族の方とご一緒するなんて……」

「ニリュ」

　ジトッとニルを見る。諦めろ、てな。

「……はい、頂きます」

「はぁーい！」

　やったね！　そばで見ていられるよりは、一緒に食べる方が絶対にいいよ。

「さ、さ、どうぞ！　今日は春キャベツと角兎《つのうさぎ》のトマトソース煮です。キャベツがとっても美味しいですよ！」

「おいしいねー！　みんなで食べりゅと、すっごくおいしいね～！」

甘くて美味しい春キャベツと、淡白な角兎のお肉に酸味のトマトソースが絡まってとってもジューシーで美味しい。スイートバジルがほんのり香って爽やかだ。

「殿下、お口の周りにトマトソースが……」

「ニリュいいの！　全部食べてかりゃふくの。どうしぇまた汚りぇりゅかりゃ」

「ククッ……」

オクソール、本当に最近よく笑うね。


「お待たせー！」

ガッツリ昼寝もして、夕食が終わった頃にルーが戻ってきた。

「……ケプッ……」

腹一杯でゲップが出てしまった。ちょっと恥ずかしい。

「リリ、お腹いっぱい食べたんだね」

「あい、るーごめんしゃい」

悪い悪い。ルーは俺の肩に止まった。

「リリアス殿下、お飲み物はどうなさいますか？」

ニルが聞いてくる。あの葡萄ジュース美味いけどさぁ。

「殿下、大丈夫ですよ。殿下が口にされる物は全てチェックしていますから」

そうなの？　流石だね。

「じゃあ、ぶどうジュースにしゅりゅ」

「はい、殿下。オクソール様も如何ですか？　例の葡萄ジュースです」

ニル、その言い方はどうだろう？

「るーはなんにも飲まないの？」

「飲む必要はないよ。でも僕も少し貰おうかな。ちょっと興味あるよね」

そう言ってルーがテーブルの上に乗る。

「では、私も頂きます」

「はい、どうぞ」

オクソールもテーブルについた。

「ングング。おいしいね～」

「美味いですね。色も紫ではないのですね」

「うん、このジュースなのか？」

るー、そうやって飲むんだ……ついてるみたいだね。

「そうなの。このぶどうジュースを飲んだんだって」

ニルが『例のジュース』と言った葡萄ジュース。エメラルド色のとっても美味しいジュースだ。商人に変装した奴隷商はこの葡萄ジュースに睡眠薬を入れたらしい。リュカの村で、珍しいからと言って皆が飲んだんだ。でも、本当に美味いんだよ。

「これに、睡眠薬が入っていても味が濃いので分からないですね」

「オク、ぶどうジュースを売っていりゅ商人は仲間なの？」

「殿下、多分ですが違うでしょう」

「オク、どうして？」

「シェフが取引をした商人と、リュカの村に来た商人は別人です。リュカの話からもそう断定できます。シェフが商人に聞いた話だと、この葡萄ジュースを扱っているのは彼だけだそうです。単純に商人は、奴隷商か貴族に売っただけでしょう。葡萄ジュースは味が濃いので、薬をカモフラージュするのには持って来いです。まだ街におりましたので、念のため邸まで連れて来て警備兵に保護させております。奴隷商の顔を見ておりますので、万が一にも狙われたらいけません」

「なりゅほど……て、るー？　呑気にぶどうジュースのんでないで、とーしゃまはなんて？」

ルーさん、飲んでばかりいないで報告をしてよ。

「ジュースを飲むか聞いたのはリリじゃんか～」

そりゃそうだけどさ。で？

「皇帝から文《ふみ》を預かってきたよ。オク」

ん？　今ルーは文を何処から出した？

「はい。有難うございます」

「で、リリに伝言だ。皇帝が、呉々も危ない事はしない様に邸で大人しくしていなさい。だそうだよ」

「……あい」

オクソールは文を見ながら……

「殿下、陛下が既に兵を手配して下さったそうです。明日、夜明け前には到着するので、そのまま奴隷商と獣人を購入していた貴族の邸を取り囲み踏み込むそうです。私は念の為、殿下のおそばで待機です」

皇帝、やるじゃん。対応が早いな。そうだよ、こう言う時は迅速に一網打尽にだ。でないと、トカゲの尻尾切りになってしまう。

「ねえ、オク」

「殿下、何でしょう？」

「その貴族てだりぇ？　どんな人なの？」

「ああ、はい。奴隷商のいる街を領地に持つ伯爵に取り入ろうとしていた男爵です。私が調べたところ、領主の伯爵は無関係でした。堅実な領地経営をしておられます」

なるほど。この辺りの地域を治める伯爵は無関係でまっとうな人物なんだな。

「伯爵の次男が奴隷商のある街の管理を任されております。奴隷商と関係のあった男爵の令嬢が、その息子に取り入ろうとして色仕掛けで近づいた様です。しかし、既に次男は妻帯者で相手にもされなかったそうです。それで代わりの策として、伯爵に獣人を贈るつもりだったのではないかと思われます」

「獣人をおくりゅなんて……」

「はい。その伯爵は、狩猟が趣味で獣人を使用人として何名か雇用しておられるのです。それで、獣人嗜好とでも勘違いをしたのでしょう」

そこまで調べてるのか。この短期間でよく調べたな。

「オク、じゃあその伯爵はこの事を知ってりゅの？」

「はい、私が調べの一環で聞き取りを致しました」

「そこから漏りぇない？」

「大丈夫です。既に皇家が動いているから、下手に関与すれば共犯者と見なすと脅して……いえ、説得してあります」

あー、脅したんだ。

「リュカには、はなしゅの？」

「いえ、全て終わってからになさる方が宜しいかと」

そうか。自分も行くと言い出しかねないしな。しかし、それよりもだ……ああ、どうしよう……

「オク……大変なことに気ぢゅいてしまった。どうしよう」

「何ですか？」

「ボク、しょんなに朝はやくに起きりゃりぇない……」

ん？　何だ？　どうして、皆俺を見る？　俺、変な事を言ったか？

「ククク ッ！」

オクソール、また笑った。

「行くおつもりだったのですか？　殿下はお休みになっていて下さい。起きられましたらご報告しますので」

「しょう？　おねがいね、オク……」

「あぁ、殿下。もうおネムですね」

仕方ないいんだよ。今の俺はね直ぐに眠くなるんだ。

「ニリュ……」

ニルに両手を出して、抱き上げてもらう。３歳児の特権だ。

「はい、殿下。ベッドに行きましょう」

「うん……、起きたりゃおしえてね。おねがい」

「はい、殿下。お休みなさいませ」

「おやすみー」

ルーがバサバサと、羽を振っているのが見えた。

俺はニルにベッドまで連れて行ってもらい、即爆睡した。

朝までぐっすりだったよ。


「……ふわぁ……」

「殿下、おはようございます」

「ニリュ、おはよう」

良く寝たよ。今日も寝起きスッキリだ。さて、どうなったかな？

「控えておりますよ。ですが先にスタンバイしている者がおりますので」

「あぁ……わかった」

ベッドから下りて顔を洗って、ニルに着替えを手伝ってもらい、やっとテーブルに着く。

「ニリュ、いいよ」

「はい、畏まりました。シェフお願いします」

「はいッ！　おはようございます、殿下！」

今日も朝から本当に元気なシェフだ。

「シェフ、おはよう」

「今朝は、殿下がお好きなクロックムッシュをお作りしました。温かいうちにお召し上がり下さい！」

おー、クロックムッシュか。美味そうだ。

「おいしそう。オクは？　食べたのかなぁ？」

「いえ、部屋の外で待っておられますよ」

「じゃあ、シェフ。今朝もオクの分もおねがい」

「はいッ！　畏まりました！」

そう言って、シェフは厨房へダッシュして行った。相変わらず早いな。

俺はお先にいただきますだ。ウマウマ。

「オク、はいって」

「失礼致します」

「しょこ、しゅわってね」

「いえ、私は……」

「しゅわってね」

「はい、失礼します」

「……で、オク」

「はい、全員捕縛しました。奴隷商に捕らえられていた者達も、全員無事です」

おぉー、良かった！

「よかった！　リュカには知りゃせたの？」

「はい、朝一番で知らせました」

「よりょこんでた？」

「はい。勿論」

オクの報告によると……

まだ夜が明けきらない頃に、帝都から兵団が到着した。兵団は二手に分かれ、奴隷商の住処と例の男爵の邸を、同時に静かに取り囲んだ。そして、一斉に兵達が踏み込んだ。

素早く対処したお陰で兵達は一気に邸の者達を捕らえた。奴隷商の地下牢に捕らえられていた者達も全員保護した。

奴隷商は数人のごろつきを雇っていたそうだが、全員酒を呑んで寝ていたらしい。何とも呑気なものだ。

捕らえた者達は、一旦領主である伯爵家の牢に入れられ、兵達が監視している。明日にでも帝都に護送される。

保護された者達は全員この邸にいるらしい。ずっと地下牢に捕らえられていたらしいので、念のためレピオスが診察をしている。

「失礼致します！　オクソール様、お待たせ致しました。どうぞ、お召し上がり下さい！」

「シェフ、かたじけない。頂きます」

うん、今日は抵抗しないんだな。

「……美味い」

「有難うございますッ！」

「でしょー、おいしいね～」

そうだろうよ。こう見えてシェフの腕は良いんだよ。このクロックムッシュだって、卵液が浸み込んだパンの中からたっぷりの熱いチーズが出てくる。外側がカリッとして中がフワッフワなパンにチーズがとろ～ん。挟んであるハムの塩気も丁度良い。

モグモグと食べる。ニルが横からほっぺを拭きたがるが、そんなの後だよ。ほっぺが膨らむね。

「それで、殿下」

「うん……」

「兵団を率いてこられたのが、第1皇子殿下です」

第1皇子殿下とは、フレイ・ド・アーサヘイム。俺の1番上の兄で現在21歳、次期皇帝だ。

金髪で少しワイルドなストレートの髪を後ろで1つに結んでいて、澄んだ青空の様なスカイブルーの瞳のイケメンだ。今は父の補佐をしている。

「にーさまが!?」

「はい、いらっしゃっております」

「えっ!!」

「殿下、先に食べませんと。フレイ殿下は逃げませんよ」

「オク……わかりゃないかなぁ」

「殿下、早く食べないとクロックムッシュが冷めてしまいますよ」

「だかりゃね、にーしゃまに早くあいたいって気持ちだよ。早まっちゃたの」

「はあ……私はもう食べてしまいましたよ？　美味かったです」

「……」

ニルよ。お前はオクソールの言葉をどう思うよ。

「オクソール様、殿下が仰っている事と少しズレていますね」

そうだよ、その通りだよ！

「ニリュ、りんごジュースちょうらい」

「はい、殿下。まだ葡萄ジュースもございますよ？」

「いいの。朝はやっぱり、りんごジュースがいい」

りんごジュースが置かれた。両手でコップを持ってコクコクコクと飲む。

「あのね、オク」

「はい、何でしょう？」

「奴隷商にちゅかまっていた人達はどうなりゅの？」

「はい、殆どの者が攫われてきた様ですので、皆街や村に送り届けます」

「ひどいことしゅるよ。でもよかった。ちゃんとみんな送りとどけてあげてね」

「はい、勿論です」

「ちゃんとしたお洋服着てりゅのかなぁ……リュカはボリョボリョだったかりゃなぁ。みんなおなかすいてないかなぁ……」

「殿下、ご心配は無用です。邸の者がしっかり世話しております」

「そうなの？　ありがと」

俺は、両手でコップを持って、リンゴジュースを飲みほした。プハッ。

「殿下、１つ問題が」

「え？　なぁに？」

「リュカです」

「そっか。まだ、かりゃだが治ってないもんね」

「いいえ、そうではなく」

なんだよ？　含みを持たせるなー。

「リュカが殿下に仕えたいと言っております」

「……えっ!?」

待て待て待て！　何をどう考えたらそうなるんだ？　俺、リュカとは一度しか会ってないよ。

「オク、どうしよ？」

「一度、お話しになる方が宜しいかと思います」

「しょう？」

「はい」

でも、3歳児の言うことなんてさ。まあ、兄皇子に相談してみるか。

「……ごちそうさま。シェフ、今朝もおいしかった！　ありがと」

「はいッ、殿下！　今朝も有難うございます！」

そうして片付けて、シェフは満足気に素早く去って行った。

さて、食事も終わったし。

「オク、先ににーしゃまとお会いしたいな」

「では、ご案内致しましょう」

「うん、おねがい」

オクソールに案内されて、ニルと手を繋いで邸内を歩く。

「にーさまは、ねむりぇたのかなぁ？」

「少しはお休みになったと思いますよ。捕縛はあっと言う間でしたから。此方です」

――コンコン
「殿下、失礼致します。リリアス殿下をお連れしました」

「にーしゃま！」

オクソールがドアを開けてくれて部屋の中に入ると、お久しぶりの兄がいた。相変わらずイケメンだな。

「おー、リリアス！　元気になったか？」

そう言いながら抱き上げられた。

「はい、にーしゃま！　おひしゃしぶりでしゅ！」

「ああ、ちょっと大きくなったか？」

「なってないでしゅ！」

「ハハハ、そうか？」

「にーしゃま、おりょしてくだしゃい」

「ダメだ。リリは暫く兄様の膝の上だ」

それでも、なんだか嬉しいのは兄の事が好きだからだ。

「リリ、今回はお手柄だったな。よくやった」

「にーしゃま？　ボクは何もしてましぇんよ？」

「獣人を1人助けただろう？　そこから繋がって沢山の人達を助けた」

そうなるのか？

「リリがあの獣人を助けていなかったら、この犯罪は表に出なかったかも知れない。そうしたら、攫われて捕らえられていた人達は家族の元に帰れなかっただろう？　それは悲しい事だ。だから、リリのお手柄だ」

「にーしゃま」

ギュッと兄にしがみついた。

「ハハハ、リリは可愛いな。もう身体はいいのか？」

「はい、もう元気でしゅ！」

「では、そろそろ城に戻ってくるか？」

「はい、にーしゃま。あ、にーしゃまに相談があります」

「ん？　なんだ？」

「最初にたしゅけた獣人が……リュカといいます。ボクに仕えたいといってりゅそうです。どうしたりゃ良いでしょう？」

「そうか。リリはそのリュカ？　が、嫌いか？」

「いいえ。まだ一度しか会ったことがありません」

「一度か？　一度で……？　そうか。リュカはこの奥にある狼獣人の村人だったか。たしか、純血種だったんじゃないか？」

「はい。村の事を知っていりゅのれすか？」

「ああ、一応全ての獣人の村は把握している」

そうなのか、帝国凄いな！　情報は大事だからな。

「現在、確認できている狼獣人の純血種はあの村を含めて2箇所だけだ。それだけ希少種だ。リリにはまだ少し難しいかも知れないが、今回の様な事は少なくない。希少種の狼獣人で、それも純血種だと狙われる。珍しいものを欲しがる馬鹿な奴等がいるんだ。帝国だけでなく、他の国にもな。そんな奴等から俺達は守らなければならない」

「はい、にーしゃま」

「ま、そばに置いてやっても良いんじゃないか？　獣人は身体能力が人間とは段違いに秀でているからな。お前を守ってくれる」

「ボクの？　しょばにですか？」

「リリはまだオクソールとニルしかいなかっただろ。従者兼護衛にしても良いんじゃないか？　ただし、そのリュカがどれだけ本気なのかだな」

俺を守る為か……それはなぁ……

「リリ、お前も希少種と一緒、いやそれ以上なんだ。やっと生まれた光属性を持つ皇子だ。今迄何度狙われた？　何度オクソールに助けられた？　これからは護衛がオクソール1人より、もう1人いる方が良いだろう」

「でも……ボクはボクを守りゅためだけにリュカに仕えてもりゃうのは……」

「だから、リュカがどれだけ本気で言っているのかが大切だ。兄様も会ってみて良いか？」

「はい、もちりょんです」

第1皇子の兄に抱かれながらリュカがいる部屋へと向かう。兄達は本当に俺には甘い。可愛がってくれるのは嬉しいが……

「ボク1人でありゅけます」

「いいじゃないか。リリは兄様が嫌いか？」

「そんな、大好きです」

「じゃ、問題ないな」

あるよ。大ありだよ。


オクソールが案内してくれる。

「殿下、こちらです」

――コンコン
「失礼、フレイ殿下とリリアス殿下がお越しだ」

中に入ると、リュカがベッドから下りて畏まって頭を下げていた。

「リュカ、まだおきたりゃダメ」

「無理するんじゃない。楽にしてくれ。君がリュカか？」

「殿下、お初にお目に掛かります。狼獣人の村長の次男で、リュカ・アネイラと申します。この度はリリアス殿下に命を助けて頂きました。その上、村の者達も助けて頂き感謝致します」

そうか……リュカは長の息子だったのか。

「うむ……構わないからベッドに戻りなさい。せっかくリリアスに助けられた命だ。大切にしてもらわないと」

「……！」

「リュカ、お言葉に甘えていい」

「オクソール様、しかし……」

「構わない」

「はい。では、失礼致します」

そう言うとリュカはやっとベッドに入った。だけど、第1皇子の前で横にはなれないよな。

「早速だが、リリに話は聞いた。君、リリに仕えたいそうだな？」

「はい」

「どうしてか、理由を教えてくれるか？」

「先程、申し上げた通りです。私はリリアス殿下に命を助けて頂きました。それだけでなく、村の者達も全員無事に助けて頂きました。その御恩をお返ししたいのです」

恩だなんて……大袈裟だ。

「君、村長の次男て言ったな。次期、副長だろう？　なのに、リリに仕えると？」

そうなのか？　それならダメだ。村の役に立つ者を預かる訳にはいかないだろう。

「にーしゃま」

「リリ、どうした？」

「ボクはリュカが次期副長だと知りゃなかったのでしゅ。そんな大事な立場の者を預かりゅことはできません」

俺がそう言うと、リュカは驚いた顔をした。どうしてだ？　次期副長なんだろう？

「殿下！　私ではダメですか？」

「リュカは、村にとって大事な人なんでしょ？　そんなリュカがボクのそばにいたりゃダメだ。リュカは村のためにがんばりゃなきゃ」

「どうしてですか？　殿下はお命を狙われるからですか？」

おい、なんで知ってるんだ？　もしかしてオクソール、喋っちゃった？

「殿下に仕えたいと言ってきたので、全て話しました」

オクソールさぁ……ま、でもその方が諦めてくれるかな。

「そう。オクが話した通りだよ」

「殿下、私も同じです」

「リュカ、何が？」

「私も希少種の狼獣人で純血種なので狙われます。殿下と同じなのです。それに、長の父にはもう話しました。了承を得ています」

リュカの父よ、何故了承した？　ダメだろ、普通はさ。

「でも……ボクのそばにいたりゃ危ないよ？」

「私はオクソール様と同じ獣人です。身体能力は人間には負けません。オクソール様の様に、敵を攻撃する事はできないかも知れません。でも殿下を抱えて逃げる事はできます」

「ボクは、ボクのためにだりぇかが傷ちゅくのはとってもいやなの」

「では、私も剣を、体術を学びます。少しはできますが、もっと強くなる様に努力します」

「リュカ……」

「少しいいか？」

兄のフレイが割って入ってきた。

「君は、リリに助けられたからと言った」

「はい。命を助けて頂きました」

「確かに最初に君の命を助けたのはリリだろう。しかし、助けたと言ったら此処にいるオクソールや、兵達もそうじゃないか？　医師のレピオスだってそうだ。なのに、どうしてリリなんだ？」

ま、広い意味ではそうなるな。

「それは……」

「リリが小さいからか？　頼りなく見えたか？　それとも取り入りやすそうに見えたか？」

「その様な事は決して！」

「いいか？　リリは、帝国にとってなくてはならない皇子だ。私の大切な弟なんだよ。両親や私達兄弟も、今リリに仕えてくれている皆も、リリの事をとても大切に思っている。君も知っている様にリリは狙われる。こんなに小さいのに辛い思いを沢山してきた。君に、万が一の事があったら、そんなリリをまた悲しませてしまうかも知れないんだ」

「私に万が一ですか？」

「そうだ。此処にいるオクソールもそうだが、侍女のニルだって何度も危険な目に遭っている。そんな中でリリを無事に救い出し君自身も無事でないと、リリは悲しむ。自分の為に誰かが傷付くとリリは自分を責める。君には、リリにそんな思いをさせない覚悟があるのか？」

「……覚悟と言われると……」

「では、やめておきなさい。リリと君の為だ」

「覚悟と言う程、大きいものはないかも知れません。しかし……私達はひっそりと隠れて生きてきました。それでも全く問題がなかった訳ではありません。狼獣人だから希少種だからと、人間は私達を自分のものにしたがります。小さい頃から、人間は怖いものだ。近寄ってはいけない。狼獣人だとバレてはいけない。そう教えられてきました。今回も、やはり人間は許せないと思いました」

そりゃそうだ。欲深い人間が完全に悪いよ。

「私は命辛々逃げて、意識を失う寸前に殿下の声を聞きました。怪我をしている、助けなきゃダメだと。殿下のお声です」

普通だよ。怪我人を放ってはおけない。

「目が覚めて殿下と初めてお話しした時に、殿下は先ず私の名前を尋ねられたのです。自分はリリだ、君の名前を教えてほしいと」

「それが、そんなに大事なのか？」

「フレイ殿下、人間から先に名前を聞かれたのは初めてです」

……え？　そうなのか？

「皆、狼獣人なの？　その髪の色は？　と先ず聞いてきます。狼獣人である前に、私は私です。そう見て下さったのは殿下が初めてです。言葉が出ませんでした。それに、ご自身の危険を顧みず助けに駆けつけて下さった。その御恩をお返ししたい気持ちももちろんあります。ですが、何より殿下は私の中で特別なお方なのです。それでは駄目でしょうか？　殿下のおそばにいて恥ずかしくない様に努力致します。お願いします」

そう言ってリュカは頭を下げた。

「なるほどな。だが……ダメだな」

そうだよ、危険な目には遭わせられない。

「フレイ殿下……」

「にーしゃま」

「今のままでは心許ない。リリ、とにかく暫くの間、オクソールに預けよう。それに耐えられたらセティにも預けてみよう。自分を守る術も学べるだろう」

教育する、て事か。

「にーしゃま、セティですか？」

「ああ、セティは色んな意味で最強だからな、適任だ。それにセティに預けて合格すれば父上も納得するだろう」

リュカが嬉しそうだ。

なんだよ、フレイ。笑顔が眩しいよ。


「シェフおいしいよ」

「ああ、美味いな」

「有難うございますッ！」

俺は兄フレイと昼飯中だ。

リュカは大喜びで、オクソールに弟子入りすると言った。まぁ、まだ体力が戻ってないから養生してからだけどな。

「しかし、リリ。まだ終わった訳じゃないんだ」

ん？　何がだ？

「にーしゃま？」

「例の奴隷商だが、ご丁寧に取引記録を残していた。そして、奴隷商と取引をしていた貴族がまだ1人逃げている」

どう言う事だ？

「にーしゃま、よくわかりません」

兵達は、奴隷商に踏み込み取引記録を発見して、直ぐに記録にある貴族を捕らえに向かった。近辺の貴族ばかりだったそうだが、その中の子爵を1人まだ捕らえられていないらしい。なるほどなるほど……で？

「その子爵と言うのが曲者だ。今迄尻尾を摑めずに泳がせていた子爵なんだ。たかが子爵の癖に、色々際どい事をやってのし上がってきた者だ。裏稼業の者とも繋がりがあると見ている。当然、評判は頗《すこぶ》る悪い。領地の民が逃げ出す事があるほどだ」

なんだそれ！　ああ、だからまた俺が狙われるかも知れない、て事かな？

「リリが、此処に滞在している事は公表していないが、用心するに越したことはない」

そうだな。フレイの言う通りか。

「シェフ、出入りする商人達にも気を付けてくれ」

「はい！　フレイ殿下、畏まりましたッ！」

「オクソール、お前も今迄以上に警戒を怠るな」

「はッ、殿下」

「ニル、君も頼んだ」

「はい、畏まりました」

そして、次の日からこの邸に保護されていた者達が兵に連れられ、次々と家族の元へと帰って行った。ちゃんと着替えをし身綺麗にして。

そして、この邸には兄フレイの差配によって兵が1分隊残される事になった。

「リリ、城で帰りを待っているからな」

「はい、にーしゃま」

兄フレイも、捕らえた者達を護送する為に帝都へ戻って行った。

第3章　転生皇子と光の国の仲間たち

「リリアス殿下、お目覚めですか？」

「……うん」

俺は昼寝から目覚めたところだ。朝からバタバタしたが、もう邸はいつもの落ち着きが戻っている。俺はなにもしていないんだけどな。

「ニリュ、りんごジュースちょうらい」

「はい、殿下」

俺はヨイショと足からベッドを下りソファに向かう。寝起きの体でポテポテと……

「……ふわぁ……」

まだ、眠いぜ。ソファに座るとりんごジュースが置かれた。

「ニリュ、ありがと」

そして俺は両手でコップを持って飲む。ふぅ、暇だな……一気に邸の中が寂しくなったな。

「殿下、どうなさいました？」

「ニリュ、暇だね」

「殿下、ご本のお部屋に行きますか?」

「んー……しょうだなぁ……リェピオスはどこにいりゅかなぁ?」

「レピオス様ですか? 医務室におられると思いますが」

「じゃあ、リェピオスの所に行く」

「殿下、ご気分でも悪いのですか?」

「ああ、ニリュ違うよ。リェピオスに弟子入りしようと思って」

「えっ? 殿下が弟子入りですか?」

「うん、そう」

あの薬湯が気になっていたんだ。この際だから色々教わりたいんだよ。

オクソールに弟子入りしたリュカは、少しずつ鍛練を始めている。まだ身体が万全ではないのに、嬉々として鍛練している。

部屋も客間から使用人部屋へ移された。もう薬湯も飲んでいないそうだ。城へ戻る前に、一度村に帰らせようと思う。このままでは駄目だろう。

獣人は人間よりも強靱だ。生まれ持った身体能力が全然違うんだ。その獣人の中でも強い狼獣人達ですらひっそりと隠れる様に暮らしていた。過去に人間は、彼らにどんな酷い仕打ちをしたのだろう。俺には想像もつかない。

「ニリュ、リェピオスは忙しいかな? 迷惑じゃないかな?」

「殿下、ご自分でレピオス様にお聞きになってはいかがでしょうか？　私は大丈夫だと思いますよ」

そうか。よし、自分でお願いしよう。

「わかった」

ニルに手を引かれて邸の中を歩く。1階の奥、裏口近くの部屋にレピオスはいた。

此処が医務室か。初めて来たな。こっちのエリアには来た事がないし。と言うよりも、邸の中全てを俺は知らない。

自分の部屋と客間、応接室、食堂、厨房、父が来た時に執務室代わりに使っている部屋、そしてご本のお部屋位だ。3歳児にとっては広いんだ。

「おや、リリアス殿下。どうなさいました？」

レピオスが先に気がついて声を掛けてきた。

「リェピオス、ボクを弟子にしてくだしゃい！」

俺はガバッとレピオスに向かって頭を下げた。意表を突いて動揺させ畳みかける作戦だ！

「で、殿下！　おやめ下さい！　どうか頭を上げて下さい！」

チラッと上目遣いで俺はレピオスを見る。

「じゃあ、弟子にしてくりぇりゅ？」

「殿下……どうしてまた？」

「教えてくれるっていってたよ？」

「まあ、そうですが……お教えするのは構いません。弟子はやめて下さい」

「ええー！　どーしてー!?」

「どうしても何も……」

「ボクが3歳だかりゃ？」

「いえ、そうではなく」

「じゃあ、りゃりりゅりぇりょが言えないかりゃ？」

「フフフッ、殿下それは全然違いますよ。そこは何ともお可愛らしいところです。しかし、言えてないのは気付いておられたのですね？」

「気付かない訳ないじゃん!!」

「ハハハハ！」

「リェピオスひどい」

「殿下は面白いですな」

「ぶぅ……」

思わずほっぺが膨れた。

「いや、殿下。弟子入りは難しいですよ。殿下は皇子殿下なのですから。お立場と言うものがあります」

そうか、皇子だから無理と言うのか。身分の差がある世界だったな。しかしだな、レピオス。悪いが、そんな事で俺は諦めないのだよ。

「リェピオス、関係ないんだよ。知識をたくしゃんもったリェピオスに、知識をもたないボクが弟子入りすりゅのは当然なんだよ」

「なんと、殿下……！」

さて、俺は晴れてレピオスに弟子入りした。まあ、レピオスは弟子入りはどうも、と渋っているが。今は薬湯の色んな事を教えてもらっている。目の前に沢山の種類の薬草が並んでいる。

「殿下、お分かりになりますか？」

「うん。でもしゅごいね。薬草てこんなに効果がたかいんだね」

「これは単純な薬湯ですが、同じ薬草を使っても魔力を込めながら精製するとポーションになります」

なんと！　ファンタジー！　あるんだね、この世界にもポーションが！　作ってみたいじゃん！

「ふぇッ!?　ポーション！」

「はい。ただ、製作者の能力によって効果にバラつきがあるのが難点です」

「せいしゃくしゃの能力？」

「はい、火属性の魔力を込めるより、光属性。無駄に沢山の魔力を込めるより適量の魔力を。と、言う感じでしょうか」

なるほど〜、適量かぁ。そんな設定なのか。ほぉ〜。

「じゃあ、ポーションをちゅくりゅのには光属性がむいてりゅの？」

「はい。回復魔法も光属性が一番ですからね」

「ほぉ〜……！」

ん？　ちょっと待てよ。一番て事は二番もあるのか？

「リェピオス、光属性以外れも回復魔法はありゅの？」

「ございますよ。ウォーターヒールと言います。しかし、水属性魔法でも中の上ランクになりますので、使える者は多くないです」

「そっか。ひーりゅだと光属性でも初級らもんね」

「そうです」

「じゃあ、薬湯とポーションだと、どっちがよくちゅかわりぇてりゅの？」

「殿下、それは目的の違いです」

「もくてき？　病気と怪我とか？」

「その通りです。いくらポーションを飲んでも、病気は回復しません。いくら薬湯を飲んでも、直ぐに傷口が塞がったりはしません」

「おおー」

ポーションは万能て訳じゃないんだね。そりゃそうだ。万能ならレピオスの様な医師は必要ないよな？

「じゃあ、リュカみたいに怪我は治ったけど、体力がまだな人はポーションはちゅかわない方がいいの？」

「殿下、それも時々です。私は、今回リュカにはポーションを使いませんでした。それは何故でしょう？」

「んー、リュカは血をたくしゃんなくしてたかりゃ？」

「そう！　その通りです！　素晴らしい！」

「エヘヘ」

「それは、どうしてだと思われますか？」

ん？　なんだと？　どうしてか……？

「んー。血がしゅくないかりゃ、ポーションで無理矢理回復させない方がいい？　その方がかりゃだに負担がかかりゃない？　とか？」

「正にその通りです！」

「エヘヘ」

「ですから、殿下。患者の症状、怪我ならその状態も大切なのですよ。そして、回復した後もいつも通りに過ごせる事が大切です。私は、殿下にもポーションを使用しませんでした。殿下の小さなお身体に負担が掛からない様にです。多少の時間は掛かっても、薬湯でゆっくり回復して頂く方が後々良い事もあるのです」

奥深いねー！　漢方薬みたいだ。しかし、身体に負担を掛けない様にとか、回復後の事を考慮したりとかレピオスは良い医師だ。

「しゅごい！　リェピオスてんしゃい！」

「ハハハ、殿下。有難うございます。しかし、医師なら当然です」

レピオスの話だと、帝国は初代皇帝の功績で他の国とは医療の考え方が少し違うのだそうだ。

まず、衛生環境を整えると言う事も初代皇帝の考案だ。それによって、感染症が激減した。他の国の中にはその事にまだ気付いていない国もあるらしい。まあ、目に見えない細菌等に気をつけろと言われても、半信半疑になるよね。

「帝国では、建国当時から衛生環境に重きを置いておりましたので、国民の生活環境も他国とは違います」

「だかりゃ、ボクが湖に落ちた時もまずお湯にちゅけてありゃったんだね」

「そうです。ただ、あの湖だからと言う事もあります」

「あの湖だかりゃ？」

「はい。殿下はあの湖、ミーミユ湖のお話をご存じですか？」

「うん。精霊達の水場でしょ？」

「はい。それと？」

「えっと、魔素濃度がたかい」

「そうです。その魔素濃度が原因です」

「そりぇはどうして？」

「魔素とは何かご存じですか？」

「えっと……空気中にごく微量にありゅ特殊なもの。魔法をちゅかう時に干渉できりゅエネルギー物質。大量の魔素はかりゃだに悪影響を及ぼす。だっけ？」

　魔素とは、俺にとっては超ファンタジーな物質だ！　地球にはなかったからな。

「正解です。よく覚えておられます。では、ミーミユ湖に落ちた殿下を慌てて洗浄した理由は何でしょう？」

「あ、しょっか。たくしゃんの魔素は人のかりゃだにわりゅい。だかりゃだ。魔素がたくしゃんの湖に落ちたかりゃ、ありゃい流したんら」

「大正解です。殿下、素晴らしい！」

「じゃあ、ボクを助けてくりぇたオクもはいったの？」

「湯船にですか？」

「うん」

「まぁ、冷えていましたので入りましたが、獣人は敢えて薄める必要はありません」

「え？　どうして？」

「獣人にとってあの湖の水は、回復薬の代わりになるのです。ポーション程ではありませんが、多少の怪我や不調なら治ります。ですのでリュカも湖を目指していて、この邸に辿り着いたのでしょう」

「しゅ、しゅごい!!」

「人間と獣人の違いも関わってくるのですよ。帝国は多種族国家ですから」

「なりゅほろ〜！」

――コンコン

「失礼致します。殿下、そろそろ夕食です」

おや、もうそんな時間か。ニルが呼びに来た。

「ニリュ、わかった。リェピオスありがと！　とても勉強になった！」

「それは良かったです」

「リェピオス、明日もきていい？」

「構いませんよ。では明日は実際に、薬湯を調合してみますか？」

「本当に!?　やってみたい！」

「では、また明日に致しましょう」

「うん！　リェピオスありがと！」

知らない事を知るのは楽しいな。思わずスキップしちゃったよ。

「ふんふふんふ～ん♪」

思わず鼻歌まで出ちゃった。

明日は薬湯の調合だ！　レピオスは良い医師だ。それに、良い指導者だ。ラッキーだ。直ぐ近くに良い師匠がいるんだ。嬉しいね。

ニルに手を引かれて1階の廊下を歩く。いや、スキップする。

「おや、殿下」

シェフがいつものワゴンを押しながら歩いて来た。

「シェフ、もしかしてボクの夕食？」

「はい、殿下。今日はシチューです！」

「おいしそう！」

え？　ちょっと待て、此処は1階だぞ？　俺の部屋は2階だぞ？　なんで今迄気づかなかった!?

「シェフ、そのワゴン。どうやって階段のぼりゅの？」

「はい。勿論、持ち上げるのですよ！」

なんだと!?　そんな大変な事を毎食やっていたのか!?　この邸の階段は長いぞ！　俺は未だにニルの抱っこの世話になってるぞ！

「シェフ、今度かりゃボクが1階におりりゅよ」

「殿下、大丈夫ですよ。見ていて下さい」

そう言ってシェフは先を歩いた。

「さ、殿下。抱っこしますね」

と、ニルにヒョイと抱き上げられた。階段に差し掛かった時にシェフはなんと……！

「え……！　なにそりぇ!?」

「ハハハッ！　殿下！　これしきなんともありませんよッ！」

シェフはヒョイと軽々とワゴンを持ち上げ、普通に階段を上って行く。

「シェフ、しゅごいね！」

「有難うございます！」

その日の夜だ。俺はいつも通りに過ごしていた。

「……ふわぁ……」

「殿下、もうベッドに入りましょう」

「うん。ニリュ、おやすみ」

そう言って俺はゴソゴソとベッドに入った。今の俺はよく寝るんだよ。食べたらすぐに眠くなるのは仕方ない。

「おやすみなさいませ」


「……ん？　なに……？」

俺は邸が騒がしくて目を覚ました。バタバタと人が動いている。外で警備兵達が何か言っている。何かあったのか？　まだ暗いな、夜中か？

「ニリュ……？」

「殿下、申し訳ありません。騒がしくて目が覚めましたか？」

「うん、どうしたの？」

「はい、近くの街へ通じる道の途中で、馬車が横転して燃えているのです。それで、警備兵達が消火にあたっています」

「たいへん。怪我した人はいりゅのかな？　だいじょぶかな？」

「はい、まだ詳しい事は分かりません。火事は水魔法を使える者が数名おりますので、大事には至らないでしょう」

そうか、怪我人がいなければ良いが。

「そう。よかった。ニリュ？」

ん？　ニルが変な顔してるぞ。何か引っ掛かるのか？

「変ですね。普通はこんな遅い時間に馬車が通ったりしないのですが」

「なりゅほろ。そりぇは変だね……オクに、早くボクの部屋にくりゅように言って」

「分かりました。呼んで参ります」

そう言ってニルが直ぐに出て行った。俺はゆっくりとベッドから下りた。ニルは良く分かっている。

「だりぇ？　そこに隠りぇていりゅのはわかってりゅよ」

俺はバルコニーに向かって言った。すると、今迄何もなかった場所に人影が現れた。魔法で気配遮断と隠密を使っていたのかな？

――ガタッ
バルコニー側に１人。

「だりぇ？」

「……」

「ボクをねりゃって来たんだよね？」

「……」

何も言わないか……まだいるな。

「あと、廊下の人たちもかな？」

――ガチャ
廊下側のドアの所に２人。

「「……」」

頭の先から全身黒で、顔も目だけ出して隠している。明らかに侵入者。俺は心の中で……

『ライト』

と、唱え、ポン、ポン、と明かりを出した。

「ボクに何かようなの？」

「お前が、リリアス第５皇子か？」

バルコニー側の１人が言った。こいつが頭《かしら》か？

「しょうだよ。もしかして、侵入しやしゅくすりゅ為に馬車をもやした？」

「……」

ビンゴか。何て事をするんだ。

「ましゃか、誰かを巻きこんだりしたの？」

「……」

「そんな事したりゃ、ダメだかりゃね」

「……？」

こんな時でも、『ら行』だよ。マジ、呪いレベルの辿々しさだ。『ら行』以外も同じようなものだけど。とにかく、拘束しておくか。俺は片手を出して……

「りゃいとばいんど！」

あ、しまった！　口に出したらダメだったんだ。また、『ら行』だよ。

「何言ってんだ!?　悪いな、仕方ないんだ！」

ドア側の１人が剣を振りかざした。今度こそ心の中で詠唱する。

『ライトバインド！』

「うわっ！　何だ！」

光の輪が現れて、侵入者を拘束した。

「オク！」

「はい！　殿下！」

バンッ！　とドアが開いて、オクソールとリュカが部屋に入ってきた。

――ガンッ！　ガゴッ！

オクソールとリュカは一瞬で侵入者を制圧した。

「殿下！　お怪我は!?」

オクソールは、俺に確認しながら侵入者を捕縛していく。

「だいじょぶ。なんともないよ。リュカ、ちゅよくなったねー！」

「殿下、有難うございます！」

「殿下、何故分かったのですか？」

「ニリュが変ていってた。そりぇに魔法の気配があったの。だかりゃオクを呼びにいってもりゃった」

「殿下！　ご無事ですか!?」

「ニリュ、だいじょぶ！」

ニルが遅れて戻ってきたその時だ……

……!!

「オク!!」

「はい、殿下！」

――ズザッ
オクソールが一太刀で、侵入者を制圧した。

「ビックリしたー！」

ニルの後ろから1人、足音と気配を消して近付いて来ていた。

「ニリュ、あぶないよー」

「殿下！」

ニルに抱きつかれてしまったぜ。ま、それは後だ。

「まだ何人も邸にいりゅよ」

「はい。大丈夫です」

なんでだよ。オクソールやっつけに行こうよ。

「オク、邸の者が危ないよ」

「はい、大丈夫です」

いや、なんでだよ！　全然大丈夫じゃないよ！

「今、邸に残っている者は皆戦えます」

なんだって！　そうなのか!?

「殿下だけでなく、皇族に仕える者は皆、専門的な訓練を受けております。リリアス殿下は特に標的になっておりますので、念には念を入れております」

そうなのかよ、凄いな。

「帝国は多種族、多民族国家ですので」

なるほどねー。

「シェフも強いですよ」

「リュカ、そうなの!?」

「はい、俺はまだ勝てません」

そんなに強いのか！？！　そりゃ、食事のワゴン位ヒョイと持てる筈だよ。

「では、終わった様ですので、侵入者も連れて行きます」

オクソール、分かるのか？　気配で分かっちゃう感じなのか？

「うん。おねがい」

「殿下、別のお部屋をご用意しますので、お待ち下さい」

「うん。ニリュわかった」

とは、言ったものの。3歳児なんだよ。睡魔には滅法弱い。

「殿下、抱っこしましょう」

「……うん。ニリュ……おねがい……」

ニルに抱っこされて俺は即爆睡だよ。

こんな状況なのに俺は爆睡できるんだ。普通の3歳児なら泣き叫んでいてもおかしくないと思う。

だが俺は、全く恐怖心がなかったんだ。慣れっこなんだよ。俺は覚えてないが、本当に何度も狙われて危ない目に遭っていたんだな。


そして、俺が微睡《まどろ》んでいると、後の3人の会話が耳に入ってきた。

「殿下はお休みになりましたか」

「はい、オクソール様」

「お可哀想に。このお歳で襲撃に慣れておられる。先程も平常心でおられた」

「はい。オクソール様をお呼びする様に言われた時も、普段通りでした」

「お守りしなければなりません」

「リュカ、お前の方が平常心じゃなかったぞ」

「……すんません」

「まだまだだな」

「殿下を寝かせて参ります」

「ああ。ニル殿、頼む」


夜襲があったのにも拘《かか》わらず、ぐっすりと眠れた。寝起きもスッキリいつも通りだ。

「……ふわぁ……」

「殿下、おはようございます」

「ニリュ、おはよう」

「お食事になさいますか？」

「……うん」

そうして俺はベッドから下り顔を洗い、ニルに手伝ってもらいながら着替えをして、テーブルにつく。

いつも通り、平常運転だ。俺の部屋は変わったけどね。

「シェフー！　おはよう！」

「はいッ！　殿下、おはようございます！　今朝はスコーンと、とろふわオムレツです！」

シェフも平常運転だ。リュカより強いらしいが。

「いたりゃきます」

まだしっかり頭が起きてないんだよ。普段以上に喋れてないのは、愛嬌と言う事で許してもらおう。

「……おいひぃ～！　オムレチュ、ほんちょにとりょふわら！」

「有難うございますッ！」

フォークを入れると中から半熟に火の通った卵がトロリと出てくる。上にかけてあるシェフ特製のケチャップがとても合う。粗みじんに切ったフレッシュトマトが少し残っているのがまた良い。

焼きたてのサクサクスコーンも美味い！　ちょっとだけとろふわオムレツをのせて食べてみよう。

「シェフてんしゃい！」

オムレツをのせたスコーンをお口いっぱいに頬張ってしまふ。ウマウマだ。朝から贅沢だ。

「殿下ッ！　勿体ないお言葉ですーッ！」

「しょうだ、シェフはリュカよりちゅよいんだってね？」

「おや、誰がその様な事を？」

「昨夜、リュカがいってた」

「彼はまだまだですから。まだ、本格的に鍛練を始めたばかりです。私だけでなく他にも、この邸にはリュカより強い者はおりますよ」

「ん……しょうなの!?」

「はい！　私は普通です！」

「ふちゅうなの……？」

「はいッ！　普通です！」

いやいや、絶対に普通じゃないよ。だっていつもその腰に付けているのは剣帯だよね？　何故にシェフなんだ？

「じゃあ、ちゅよいのはだりぇ？」

「それは勿論、オクソール様です！」

あー、そうだよなー。オクソールは身のこなしが違うからな。もう立っている姿が違う。

「オクね……」

「ニル様もお強いですよ！」

「……んんっ……!!」

ビックリした！　喉が詰まったじゃないか。

「殿下、りんごジュースです」

「ふぅ……ありがとう。ニリュちゅよいの!?」

「いえ、私も普通です。父の足元にも及びません」

ん？　誰だ？　父？　ニルのお父さん？

「……ニリュのとーさまって誰なの？」

…………？　あれ？　ニルとシェフ2人で顔を見合わせている。俺、何か変な事言った？

「殿下、ご存じないのですか？」

「シェフ知ってりゅの？」

「皆知ってますよ。陛下の側近をされているセティ様です」

「え……!?　ボク、知りゃなかった！」

「そうですか、よく似てらっしゃるでしょう？」

そう言われればそうだ。黒髪や金眼も雰囲気だってそっくりだ。

俺、黒髪好きよ。落ち着くからね。

「……本当だ……似てりゅ。ニリュ、なんで教えてくりぇなかったの？」

「なんでと言われましても……強いて言えば、関係ないからでしょうか？」

「関係ない!?　そんなわけないじゃん！」

「そうですか？　父は父。私は私ですので」

まあ、そうだけどさ。

「なんか、やだ……」

「殿下？」

「ボクだけ知りゃなかったのが、やだ」

「殿下、申し訳ありません。そんな大した事ではありませんので」

え？　大した事ないか？　俺なら自慢しちゃうレベルだよ？　ニルってクールなとこあるよね。

「もういいよ。ニリュてそーゆーとこありゅよね」

「はい、そうですね～」

シェフと2人でジトッとニルを見る。

「え？　えっ？　そうですか？　自分ではよく分かりませんが？」

いいや、最後のスコーンを食べちゃおう。

「……ングング……ごちしょうさま。シェフ、今朝も美味しかった！　ありがと！」

「殿下！　はいッ！　有難うございます！」

「ニリュ、りんごジュースちょうらい」

「はい、殿下」

シェフはいつもの様にワゴンを押して出て行った。今日もあのワゴンを持ち上げて来たんだろうな。様子が目に浮かぶよ。

俺はりんごジュースを飲んでソファに座る。

「ねえ、ニリュ。このお邸の人達はボクに仕えてくりぇてりゅんだよね？」

「はい、そうですよ。若干の者はこのお邸の管理を任された者達ですが。今は大半の者が殿下のお付きです」

「みんなちゅよいの？」

「そうですね。昨夜の者達程度でしたら相手にもなりませんね」

「リェピオスも？」

「はい、お強いですよ。攻撃魔法が使えますから」

「ふぅーん……」

そっか、レピオスも強いのか。

「殿下、どうなさいました？」

「ボクだけが弱い……」

「殿下、何を仰っているんですか」

「だってボクまだ剣もてないしぃ、まだ3歳だしぃ」

そうだ、まだ3歳なんだよ。自分で自分の事を守れんのか？　無理だろう？

「殿下、魔法で殿下より強い者はいないと思いますよ」

なんだってー！　俺そんなに魔法使えるのか!?

「ニリュ、うしょだぁ」

だって、攻撃魔法なんて使った事もないよ。ルーに教えてもらったきりだ。

「本当ですよ。魔法なら殿下は誰よりもお強いです」

「本当に……？」

「はい。ただ殿下は使い慣れておられないだけです。昨夜のライトバインドも素晴らしかったです」

「エヘヘ」

「それに殿下は無詠唱なんですね？　普通はそうできる事ではありませんよ」

「エヘヘへ……」

ま、まさか、『ら行』の呪いで口に出すと魔法が発動しないなんて言えない。

ま、俺が勝手に呪いとか言ってるだけだけど。単純に言葉が少し辿々しいだけだ。そう思いたい。

——コンコン
「殿下、おはようございます」

「オク、おはよう」

「殿下、昨夜の侵入者ですが」

「うん、何かわかったの？」

「いえ、実は隷属の魔道具を装着されておりまして、話を聞き出す事ができません」

なんだ？　それは？　隷属？　何か嫌なワードだな。

「何そりぇ？」

「胸の所に、隷属の魔道具を装着されております。帝国にはある筈のない魔道具です。禁止された事を話そうとすると、内側に針が出てきて心臓まで突き刺さる様になっております。刺されば勿論死亡します」

「こわッ！　何そりぇ！　はじゅせないの？」

「はい、レピオス殿がやってみたのですが、無理でした」

「るーは？　るーはどこにいるの？　ボクを守りゅとか言っていちゅもいないよ？」

「その……実はルー様は別の調べ物をなさっていて」

なんだそれは!?　俺は全然知らないぞ！

ルーがいないなら仕方がない。俺は何もできないし。

「じゃあ、るーが戻りゅまでまちゅ？」

「その……殿下。試してみては頂けませんか？」

俺が!?

「ボクにできりゅ訳ないよ？」

「レピオス殿が言うには殿下しかいないと」

えー、嘘だぁー。俺には無理だろう、魔法も覚えたてだし。と、横目でオクソールを見る。

「殿下、その目は？」

「だってボクできないよ？」

「まあ、レピオス殿に、話を聞いてみたら如何ですか？」

「わかったよ。リェピオスはどこ？」

「ドアの外に……」

なんだそれは!!　一緒に入ってくればいいじゃん！

「リェピオス、はいって」

レピオスがオズオズと入ってきた。

「殿下、失礼致します」

「なんで入ってこないかなぁ？」

「申し訳ありません」

「いいけど。リェピオス、ボクにできりゅの？」

「はい、ルー様がいらっしゃらないとなると、殿下しかおられないかと。私も少しは支援魔法が使えますが、解呪は無理でした」

「えー、ボク全然できりゅ気がしないよ」

「それは、どうしてでしょう？」

「だってそんな魔法自体を知りゃないもん」

「……と言う事は……殿下はまだルー様から解呪を教わっていらっしゃらないと？」

解呪？　なんだそれ？　解く呪いと書くあの解呪か？

「かいじゅ？　知りゃない」

なんだよ。オクソールとレピオスが顔を見合わせている。

「「…………」」

「オクソール殿」

「ええ、レピオス殿」

「殿下、参りましょう」

「リェピオス、どこに？」

「解呪にです。きっと大丈夫です。私が詠唱をお教え致します」

「そんなので、できりゅの？」

「多分……」

おーい！　レピオス！　大丈夫か!?　今、思いっきり目を逸らしたよな！

仕方ないなー。試してみるだけでも、やってみるか。

「わかったよ。どこ？　ちゅりぇてって」

「はい、殿下」


さて、やって来たよ。邸の1階奥にある1室にさ。そこに集められた侵入者達。

昨夜の侵入者てこんなにいたんだ。知らなかった。送り込んできた奴は何を考えているんだ!?

総勢20人。１人も殺さず、よく捕らえたよ。邸のみんな凄いね。やっぱ、強いんだ。

俺、ちょっと引いちゃったよ。平和で安全な国、日本の国民だからね。前世だけど。

「リェピオス、どうしゅんの？」

「はい、他の魔法を使う時と同じです。詠唱が違うだけです」

俺はさ、その詠唱てものが一番ネックな訳よ。言わないけど。恥ずかしいから。なんせ『ら行』があれだから。いや、それ以外もあれだから。それこそ呪い級だからな。

みんな服脱いでスタンバってくれてるけど、申し訳ない。そんな目で見つめないでほしいな。ご期待には添えないと思うんだ。俺だって、そりゃそんな物騒な物、取れるものなら取ってやりたいけどさぁ。ま、とにかくだ。

「リェピオス、教えてくりぇりゅ？」

「はい、ディスエンチャントです」

はい、きたよ。ほら長いじゃん。言える気がしない。

「で……でぃす……え……ん⁇　ん？　なんて？」

「殿下、ディスエンチャント」

んー、やってみるか。片手を出して…………

『ディスエンチャント』

——パキン……！

と、何かが割れる音がした。

俺の一番近くにいた男の胸から、おぞましい魔道具が壊れて落ちた。一体どうやって嵌め込まれていたんだ？

「えっ……」

「やはり！　殿下、素晴らしい！」

マジで⁉　できちゃったの⁉　俺、心の中で呟いただけだよ？

「殿下、お願いします」

あと19人。19回も繰り返すのか？　そんなの、まとめてできないのか？　全部まとめて、そんな怖いもん取ってやる！　今度は両手で、さっきより強く意識して……

『ディスエンチャント』

——パキン……

――パキン……

――パキパキパキン…………………！

「……!!」

「殿下！　なんとっ!!」

あー……はい。できちゃった。残り19人の胸から一斉に魔道具が壊れて落ちた。俺、やるじゃん。ビックリだ。

「殿下、なんともないですか？　ふらついたりは？」

レピオスが心配している。

「え？　なんともないよ？」

「普通は魔力切れを起こしてもおかしくないのですよ！」

まあ、大樹に花を咲かせた位だからね……て、花咲か爺さんじゃないよ。平気さ。全くなんともない。

「この人達は、こりぇでもう、だいじょぶなの？」

「恐らくは大丈夫です」

恐らく……て、何だ？　あやふやだな。確認しようよ。俺は、最初に魔道具が壊れた男に声を掛けた。

「ねえ、君。ボクはリリ。お名前を教えてくりぇりゅ？」

「……俺は……ウル」

「そう。剣を持ってたみたいらけど、剣が得意なの？」

「いや、弓の方が得意だ。弓で狩猟をして生計を立てていたから」

「そうなんだ。なりゃどうしてこんな事をしてりゅの？」

「妻と娘を人質に取られて、魔道具を付けられ抵抗できなくて仕方なく……すまない」

うん、解呪は大丈夫そうだ。しかし、人質て……

「誰にさせりゃりぇてりゅの？」

「……？」

あーもうほら、『ら行』だよ。

「誰に命令されたんだ？」

オクソール、フォローを有難う。

「……レイズマン子爵だ」

??……誰？

「殿下、例の逃亡している子爵です。そして、レイヤ第1側妃様の母方の実家に当たります」

なんだって!?　此処に来てまた第1側妃か!?

「もしかして、関係ありゅのかな？」

「かも知れません」

どれだけしつこいんだ。此処まで来ると、もう執念だな。

「ねえ、ウル。もしかしてまだ人質にとられたままなの？」

「はい」

「他のみんなもしょうなの？」

俺は見回して聞いた。20人全員が頷いた。

力いっぱい拳を握ってしまった。爪痕が残る位強くだ。ダメだ、冷静になれ。

「オク、みんなの話をきいてあげて。人質がいる場所もわかりゅなりゃ聞いて。ボク、部屋にもどりゅよ」

「殿下、怒っても仕方ありません。お気を鎮めて下さい」

オクにバレてるじゃん。

「わかってりゅよ。らいじょぶ」

と、オクソールには言ったが、正直、人質まで取る非情さに腹が立つ。

「ニリュ、もどりゅよ」

俺は足早に部屋を出た。見ていられなかったんだ。

「殿下、落ち着いて下さい」

廊下1人でドンドン歩いて行く俺に、ニルが半歩後ろから声をかけてくる。

「ニリュ、わかってりゅ。だいじょぶ」

分かっていても、腹が立つんだ。あんなおぞましい魔道具までつけるなんて。

「殿下、どうなさるおつもりですか？」

「そんなの決まってりゅよ」

俺は、絶対許さないぞ。卑怯だ。

「人質をみんな無事に助けりゅ。そりぇと、えっと、その子爵はちゅかまえりゅ」

「殿下……」

「とーしゃまとにーしゃまに知りゃせなきゃ。るーはどこ行ったの？　いつもそばにいない！」

ポンッとルーが現れた。

「るー！」

「悪い悪い、ちょっと調べ物を頼まれていたんだ」

「いつもいないぃ！」

何してたんだ？　俺は怒ってるんだよ！　と、ギッとルーを睨む。

「そんな怒んないでよ。子爵の居場所を突き止めて来たからさ」

と言って、ルーはウインクなんかしている。まったく、呑気だな。

「るー、とーしゃまに報告してきてほしいの」

「なんだよ、何をそんなに怒ってるんだ？」

「人質をみんな無事に助けりゅんだ」

「人質だって!?　待って、リリ。何の話だよ？」

「いつもいないかりゃ、わかりゃないんだよ」

ニルがルーに昨夜からの事を説明した。俺はりんごジュースを飲んで待っていた。落ち着け。怒りに振り回されたら駄目だ。俺が怒っても解決はしない。

「そうだったのか……リリごめんよ」

俺は、只でさえぷくぷくのほっぺを、より一層膨らませてそっぽを向く。

「まさか、そんな強硬手段に出るなんて思わないじゃないか」

まだほっぺを膨らませて、腕組みをする。怒っているんだ。

「……ボクね、守ってもりゃわなくていい」

「リリ、ごめんて。謝るからさ！」

違うんだよ。ルーにも怒ってるけどさ。人の命をここまで軽んじる子爵に怒っているんだ！　あー、全然怒りを抑えきれない！　こんな事なかったのに。小さくなってからの俺のメンタルは、へなちょこだ。

「殿下、そのような事を仰ってはいけません」

ニルが堪らず言ってきた。

「だって……どうして？　どうして、あんな酷いことができりゅの!?　人質とって、隷属の魔道具までちゅけて。心臓に突き刺さって死ぬなんて……よくそんな事を考えちゅいたよ！　ボク1人なんかの為に。よくそこまでやりゅよ……」

「殿下、落ち着いて下さい」

ニルが俺を抱きよせる。それでも、俺は止まらなかった。堪えていたのに、感情が堰を切ったように溢れ出してしまったんだ。

「だって、20人だよ。もしかしたりゃ20人全員死んでたかもしりぇないんだよ。そこまれしゅりゅなりゃ、ボクなんかいなくなっちゃえばいいんだ。そしたりゃ誰も傷つかない、犠牲になりゃない。ボクは……ボクはもういない事にしてくりぇていいよ……グシュ。う……だかりゃもう守ってもりゃわなくていいよぉ……ヒック」

ニルの腕にしがみついて泣きながら一気に言った……涙が止まらない。後から後から流れてくる。腹が立つ。悔しい。俺1人を狙うために20人だ。人質も入れたら、一体何人になるんだよ。なのに俺はまだ3歳でなんにもできない。守ってもらわなきゃ生きていけない。その事実が悔しい。心底悔しいんだ。

「ヒグッ……ヒック……」

「殿下……！」

「リリ……」

3歳児は涙腺弱すぎるんだよ。ニルが抱き締めながら背中をトントンしてくれている。

「……うっ……うぇぇっ……グシュ……うえーん……」

ニルが、まだ背中を軽くトントンしながら抱っこしている。

「泣き疲れて寝ちゃったな」

「はい、ルー様……」

「悪い事しちゃったな」

「殿下は心配されていたのですよ。ルー様が何も言わないでいなくなられたから」

「ああ、申し訳ないな」

「フレイ殿下のご依頼ですか？」

「ああ、そうなんだ」

「次からは、一言言ってから行かれると宜しいかと」

「ああ、そうするよ」

「お願いします」

「こんなに泣かれるとな。キツイな」

「はい……」

頬の涙の跡をそっと拭う。長い睫毛にもまだ涙が溜まっている。

「リリは一体どれだけの思いを心に持っているんだ？　まだ小さいのに。リリが悪いわけでもないのに」

「はい……」

「ニル、ベッドに寝かせたら？」

「いえ。このままで……」

「重いだろ？」

「……本当は、お母様に甘えたいでしょうに。小さいのにお1人で我慢して。何も仰らないで、笑ってらっしゃる。私1人位甘やかしても構わないでしょう」

「ニル……そうだな。リリはまだ3歳だったな」

「はい……」

ニルは優しく額に掛かった髪を撫で上げる。そして、ずっとリリを抱っこしながら寝顔を見つめていた。


「……ふわぁ……」

あれ、俺寝てたか？　ちょっと気持ちが抑えきれなかったな。

「殿下、お目覚めですか？」

ニルの顔がすぐそこにあった。

「……ニリュ、ずっと抱っこしてくりぇてたの？」

「はい、殿下がお可愛いらしくて」

と言って、ニルはニコッと微笑む。ニルは俺に優しすぎるんだ。

「ニリュ、ごめんなしゃい」

「殿下が謝られる事は何もありませんよ。りんごジュースお飲みになりますか？」

「うん、おねがい。ありがと」

俺、どれだけ眠ってた？　ずっとニルは抱っこしてくれていたんだろう？　駄々っ子みたいじゃないか。やっとニルは俺をソファに下ろして、りんごジュースを用意してくれた。

何やってんだよ、俺は。1人で怒ってルーに当たって、挙句に泣き疲れてニルに抱っこされたまま寝るなんて。まるで、我儘皇子だ。

「ニリュ、ごめんなさい」

「いいえ、殿下。謝らないで下さい。殿下は悪くありませんし、間違ってもおられません」

「だってニリュに迷惑かけちゃった」

「迷惑なんかじゃありませんよ。私がしたくてしていたんです」

「だって、ニリュ……」

「殿下の優しいお気持ちは知っていますが、ご自分を責めてはいけません。悪いのは殿下じゃないんです」

「でも、ボクが……」

「誰がなんと言おうと、あんな事をする方が悪いのですよ」

「ニリュ……」

「殿下、当然です。もっと頼って下さい。我慢せずに泣いて下さって良いんです。殿下はまだお小さいのに、もっと甘えて下さっても良いんですよ。殿下を赤ちゃんの頃からお世話してきた私だけの役得です」

どこが役得なんだよ。そんな訳ないじゃん。でもさ、ニル……

「ニリュ、ありがと」

「はい、殿下」

ニルのお陰で少し心が温かくなったよ。ありがとう。

ふぅ～、ちょっと落ち着こう。

「あれ？　で、るーはまたいないの？」

「陛下にご報告に行かれました」

「そう……子爵のいどこりょを突き止めたっていってた。にーしゃまが頼んでたの？」

「そうみたいです。フレイ殿下が」

「るーにも、あやまらなきゃ」

「殿下？」

「おこっちゃったかりゃ。るーはお仕事してたのに」

「……殿下、お昼食べられますか？」

「もうそんな時間なの？」

「はい、そろそろかと」

「……ああ、うん。食べりゅよ」

「では。シェフ、お願いします」

「はいッ！　殿下！　お目覚めですか！」

「うん、シェフいつもありがと」

「何を仰います！　今日のお昼はスープパスタです！　クリーミーで美味しいですよ！　沢山食べて下さい！」

「うん、ありがと！」

いつものシェフで救われるよ。ところで、俺ちょっと疑問なんだけど。

1階から持ってきてドアの外でスタンバっているのに、いつも出来立てだよな？　ほやほやだよな？　なんで？　そう思いながら食べる。

……？　スープパスタ、のびてないな……俺はジッとスープパスタを見た。美味しい。シェフが言っていた様に、クリーミーなスープパスタだ。少しおこちゃま向けなのか？　甘いコーンのツブが入っている。あと、ベーコンとほうれん草かな？　クリームスープが少しトロッとしているんだね。だから、具やパスタによく絡んで美味しい。

「殿下、どうなさいました？」

「ニリュ、もしかしてこりぇも魔法？」

「……？」

「のびてない……あちゅあちゅ……」

「ああ、殿下。そうですよ。シェフの魔法ですよ」

シェフ、地味にスーパーだね！

「シェフ、しゅごいッ!!」

「で、殿下ッ！　有難うございます！」

何気にシェフ万能じゃない？　凄くない？　ビックリだよね！

翌日、突然すぎて俺は思いっきりビックリした！

「リリ……!!」

「……！　かーしゃま!?」

思わず飛びついちゃった。こんな時は3歳の俺の感情が暴走してしまう。参った。母親ってこんなに優しい匂いがしてあったかいんだ！

俺の母、エイル・ド・アーサヘイムが来てくれたんだ。俺と同じ光属性を持っている第3側妃だ。翡翠色の瞳にフワフワした翠掛かった金髪。俺の髪がエメラルドグリーン掛かったブロンドなのも、瞳の翡翠色もこの大好きな母親譲りだ。

「かーしゃま！　かーしゃまぁー!!」

「リリ、1人でよく頑張ったわ。お母様直ぐに来てあげられなくてごめんなさい。リリ、ごめんなさいね」

「かーしゃま……！　うぇ……ヒクッ……うぇーん……かーしゃまー！　うわーん！」

なんか最近、俺泣いてばかりだ。よく涙出るよ。

「リリ、ほら邸に入ろう」

「とーしゃま！」

そう言って父に抱き上げられた。

父親まで来ちゃったよ。ルーは一体どんな報告をしたんだ？

「……！　うぇーーん!!　ヒクッヒクッ……うぁーーん……ヒクッ……！」

泣きまくりだな。号泣だ。仕方ないよね、俺まだ3歳だ。

「あらあら、リリったら……」

母親まで泣いちゃったよ。どうしよう。


はい、お決まりのコースだ。泣き疲れて寝ちゃったよ。ほんと、勘弁してほしい。

「……ふわぁ～……」

「リリ、起きた？」

「……かーしゃま……！」

目が覚めて目の前に母がいたから思わず抱きついてしまった。だって、ずっと1人だったんだから。自分で思っていた以上に、寂しくて恋しかったみたいだ。

「あらあら、リリどうしたの？」

「かーしゃま。もう1人はいやです。ボクお城にかえります。もうお城かりゃでましぇん」

「……リリ」

「かーしゃま」

「今、お父様とフレイ殿下が最後の調整をなさっているわ。この件に決着が付いたら一緒に帰りましょう。母様も一緒にここにいるわ。リリ、よく我慢したわね。よく頑張ったわ。辛かったわね。

ごめんなさいね。お父様もお母様もリリにこんな思いをさせてしまって、ごめんなさい」

「……かーしゃま」

「楽しい筈のお泊まりだったのに。ごめんなさいね」

楽しい筈だったんだ。あんな事があるまでは。

あの時、兄弟姉妹で仲良く湖で遊んでいた。俺が突き落とされたりしなければ楽しい時間が続いていたのかも知れない。その後も色々あった。真夜中に襲撃されたり、襲撃者が魔道具を付けられ人質を取られていたり。今思い返すと、心が傷付かない筈がない。

でも決して、辛い事ばかりじゃなかったんだ。だからさ……

「……かーしゃま、あやまりゃないでくらさい。楽しかったでしゅ。ニリュがいつもそばにいてくりぇました。オクやルー、シェフにリェピオスもでしゅ。それにリュカともおともらちになりました。テューにーしゃまとフォリュにーしゃまとも一緒に、たくさん遊びました」

「そう。お二人と」

「はい。みんなみんな良くしてくりぇます。ボクがわがままなんでしゅ。ボクのせいでしゅ。知りゃない人達がボクのせいで酷い目にあってりゅ。だかりゃボクはもうお城かりゃでましぇん」

「……リリ」

「リリ、それは違うよ」

いつの間にか父がドアのそばに立っていた。

「とーしゃま……」

「それはリリが悪いのではないよ。もちろんお前のせいでもない。我儘でもない。そんな酷い事を考える奴等が悪いんだ。父様と兄様はそいつらを捕まえに来た。今迄してきた事の責任を取ってもらう。悪い事をしたら罰を受けてもらわないとね。リリはそんな我慢をしなくていいんだ。リリに辛い思いをさせてごめんよ。父様を許してくれるかい？」

父は俺のそばに来て頭を撫でる。

「とーしゃまはわりゅくないです！」

「リリも悪くないよ？　悪くないのにリリばかりが我慢する必要はない。自由にしていいんだ」

「……とーしゃま。でもまた……」

「何があってもリリは自由でいいんだ。好きな事をして、好きな物を食べて、好きな所にいればいい。そうできる様に応援するのが、父様と母様の仕事だ。もうこんな思いはさせない。約束するよ。

リリ、ごめんよ」

「……とーしゃま」

「さあ、リリ。シェフが待っているわ。食堂に行きましょう。今日はフレイ殿下もご一緒だから、皆で夕食を頂きましょう」

夕食！　そんなに寝ていたのか？　俺、寝すぎじゃないか？

「はい、かーしゃま」

「よし、行こう」

そう言って父は俺を抱き上げ歩き出した。そうか、今日は俺1人じゃないから食堂なんだ。俺1

人で部屋で食べるんじゃないんだな。

「とーしゃま！」

俺は思わず父の首にしがみつく。

「リリ、どうした？」

「なんれもないでしゅ」

この広い屋敷の１室で俺１人の食事。やっぱ食事は皆と食べる方がいいよ。１人の食事はもうウンザリだ。

「殿下ッ！　お待ちしてましたッ！」

「シェフ、今日はみんな一緒だよ！　おねがいねッ！」

「はい！　殿下！」

「リリはシェフとも仲良しなのね」

「はい、かーしゃま。シェフがボクを気にしてくりぇて。シェフのお陰で１人で食べりゅのも寂しくなくなりました」

「リリ……寂しい思いをさせて、ごめんなさい」

母が俺のほっぺを撫でる。

「かーしゃま、もうだいじょぶでしゅ」

「リリは強い男の子だな」

父が俺の頭をクシャッとする。

「とーしゃま、はいッ！」

俺は抱っこしてくれている父の首に抱きつく。ああ、1人じゃないんだ。

「殿下ぁ！　良かったですー!!」

なんで、シェフが泣きそうになっているんだよ。

「今日はみんな一緒でうりぇしいです！」

「リリ、待ってたぞ！」

「にーしゃま！」

父に下ろしてもらって、兄のところへ走る。兄はヒョイッと抱き上げてくれた。

「さっさと片付けて一緒に帰ろうな！」

「はい！　にーしゃま！」

「ほら、お前達座りなさい」

「はーい！」

俺は母の横に座った。と言うか、子供用の少し高い椅子に、ニルに座らせてもらった。

「エヘヘ」

俺は嬉しくて、いつもより沢山食べた。父や母、兄と沢山話した。

そうか、3歳の俺は寂しかったんだ。今迄意識してなかったけど、ずっと1人で寂しかったんだ。

実の姉に殺されかけて、悲しかったんだ。

中身はおじさんだから、大概の事は平気だと思っていた。だけど、違うんだな……この世界では、俺はまだ3歳児のリリアスなんだ。

「エヘヘ……」


「……エヘヘ……」

スヤスヤと眠るリリを見つめているルーとニル。

「笑ってるな」

「はい、ルー様」

「夢でも見てるのか？」

「今日、陛下とお母上が来られて嬉しかったのでしょう」

「……そうか」

「……はい」

「……それは良かった」

「はい」

「許せないよね。リリにこんな思いをさせた奴等は捕まえないとね」

「勿論です。許せる筈がありません」

「ああ。しっかり罪を償って反省してもらおう」

「はい。当然です」

リリアスのそばに付いている者達皆が思っていた。もう、これ以上泣き顔は見たくないと。

その為に、できる事をしようと。

翌日、朝早くに皇帝と第1皇子フレイ、それにオクソールが別邸を出発していた。

皇帝は城から兵団を連れて来ていた。例の逃げていた子爵の捕縛に乗り出す為だ。前回の奴隷商の時よりも多い1個小隊で捕縛に向かう。

別邸には、2分隊が残った。第3側妃がいるから警備の数も多い。

そして、その少し前に帝国全土へ向けて御触れが出されていた。


此処は帝都、ある広場に御触れが貼り出されている。その前には沢山の人集《だか》りができていた。

「なんだ？　この貼り紙は？」

「あれだろ？　またどっかの貴族が何かやらかしたんだろ？」

「ねえ、あんた。何て書いてあるんだい？」

一番前で御触れを読んでいた少し身綺麗な男性に、恰幅のいいどこかの女将さんらしき女性が聞いた。

「え……っと……」

「大きい声で読み上げてくれ！」

「そうだ！　ここまで見えねーんだ！」

後ろから大きな声で叫ぶ民がいる。

さっきの少し身綺麗な男性は声を張り上げる。

「よし、読むぞー！

『アーサヘイム帝国皇帝オージン・ド・アーサヘイムの名において。

光属性魔法の適性を持ち
光の精霊様の加護を受け
光の大樹に花を咲かせた
第5皇子リリアス・ド・アーサヘイムに害を為す者は、何人《なんぴと》であっても即座に捕らえ刑罰に処す』……だとよ！」

途端にざわつき出す民衆。

大きな声で1人が叫ぶ。

「え!?　リリアス殿下がどうかされたのか？」

「狙われたって事じゃないのか？」

「そうだろ？　でないとこんな御触れは出ないだろ？」

「リリアス殿下って一番下の皇子殿下か？」

「そうだよ、確か、一番下だ。まだ、何もできないだろう？」

「なんで態々そんな小さな皇子を狙うんだ？」

「そうだよな、皇太子でもないのにな」

「え？　あんた達、知らないのかい？　やっとお生まれになった光属性を持つ殿下だよ」

「それにさぁ、とってもお優しい殿下らしいぞ」

「そうそう、私も聞いた。お付きの者達をとても大事になさっているって」

「そんな皇子が狙われたのか？」

「リリアス殿下、まだお小さいのに……！」

「リリアス殿下てお幾つだったか？」

「あんた、うちの子と一緒だよ！　３歳だよ！」

「そんな小さい殿下を狙うのか!?　信じらんねーな」

「一体、誰が何をしたんだ？」

何処からか１つの情報が発せられる。

「あれじゃないか？　最近、伯爵家が突然爵位を剥奪されただろ！」

「フレイスター伯爵家か!?」

「いや、あそこはお嬢様が第１側妃に入ってなかったか？」

また１つ……。

「その側妃と、子の第3皇女と、フレイスター伯爵夫人が何かしたらしいぞ！　第3皇女殿下だってまだ子供だ。周りの大人は何をしていたんだろうな」

「なんて酷い！　皇女殿下はいったいどうしたのかしら」

「リリアス殿下は実の弟だろ？」

「大人に利用されたのかも知れないよ」

そしてまた1つ……

「第3皇女に害されそうになったリリアス殿下を、護衛のオクソールがとっさにお助けしたって事があったそうだ！」

「オクソールって、あの上級騎士か!?」

また違う所から、民が知るはずのない情報が飛び交う。

「なのにリリアス殿下は第3皇女の減刑を陛下に泣いて頼んだそうだ」

「自分が落とされたのにか!?　大人でもなかなかできることじゃないぜ!?」

「大樹に花を咲かせた……て何だ？」

「あれか！　光の大樹か!?」

「それって……おいおい！　言い伝えと同じじゃないのか！」

「なんだって!?　あの大樹に花を咲かせたのか!?」

「初代皇帝以来の事じゃないか！」

「しかも、光の精霊様の加護だってよ！」

そして民衆の声が高まる……

「そんな皇子に、貴族は何をしているんだ!?」

「光の精霊様の怒りに触れないか？」

「そんな事になったらどうすんだ!?」

「そうだ！」

「国を潰す気かよ！」

「なあ、俺達にも何かできないか？」

「庶民に何ができるのよ」

「いや、微力でもさぁ、何かあるんじゃないか？」

「そうだよ！　小さな事でもさ、何か力になれる事があるはずだ！」

「力になるって、お目にかかることだってできないのにどうするんだよ！」

「だからなー、もしそんな計画とか悪さをしてやがる貴族を見つけたら、物売らないとかさ」

「邸の前に何か目印を付けるとかどうだ！」

「いいね、それ！」

「それ位だったらできそうだよ！」

「おう！　やろうぜ！　俺達が目を光らせてやろうぜ！」

「ああ、庶民の情報網を舐めんなよ！」

そんな具合に、リリアスの事件や民衆が貴族に目を光らせる気運は、帝国全土に広がっていった。

　しかし、伯爵家が爵位を剥奪された事はともかく、第1側妃や第3皇女の情報は、本来庶民が知る筈のない事である。あるいは、陰で全身真っ黒な誰かが動いていたのかも知れない。


　その頃、城では……

「セティ、街はどうだ？　民達の反応は？」

「はい、陛下が予想しておられた方向へ向いておりますよ」

「そうか、良かった」

「しかし……」

「なんだ？」

「その、フォラン皇女殿下が関係している事まで広めてしまっても良かったのですか？」

「実際の事は表には出せないが多少は仕方がない。それでも私の可愛い娘だ。まだ子供だ。更生する力があると信じているよ。しかし、伯爵家は、このままにはしておけない。皇子を殺そうとした者を放ってはおけない」

「なるほど」

「それで、あたりのついている邸はあるのか？」

「ええ、チラホラ……」

「どうするんだい？」

「せっかく帝都民が態々教えてくれているのです。放っておくのは勿体ないでしょう。一斉に調査に踏み込みますよ」

「そうか」

「しかも大々的に目立つ様に」

「なるほど。抑止力になると良いが……」

「ええ」

――バタンッ!!

突然大きな音を立てて、ドアが開いた。

「お父様!!!」

「どうした、フィオン?」

「どうしたではありません!」

「何をそんなに怒っているんだい?」

突然やって来て、父である皇帝に怒りをぶつけているのが、帝国第1皇女フィオン・ド・アーサへイム。

金髪でサラサラとした輝くようなストレートの髪を振り乱して、翠色の瞳に長い睫毛が美しい目を吊り上げて怒っている。

「街の噂をご存じないのですか!?」

「なんだい？　噂?」

「ええ、第3皇女のフォランが、リリの事件に関与していると！　本当なんですか!?　しかも、今迄のリリを狙った未遂事件も、第1側妃とフレイスター伯爵夫人が犯人だと！」

「あー……いや、その……」

「だからですのね！」

「いや、フィオン？」

「急に第1側妃がいなくなりました。イズーナやフォランもおりません。第1側妃の実家が伯爵位剥奪になり、国外追放になりました！　何があったのかと思っておりましたら、リリですか！　あいつらリリを狙ったのですね！　何と言うことを！　許せません!!」

『あー、面倒なのがいたのを忘れていた……』

「陛下……お顔に出ております」

「お父様！　聞いていますか!?」


第1側妃の父親であるフレイスター伯爵は、爵位を剥奪され領地没収の上、国外追放になっていた。リリアスを狙ったフレイスター伯爵夫人とその侍女、第1側妃のレイヤとその侍女、フォラン皇女の侍女は地下牢へ。そして今回の実行犯のフォラン皇女は別室にて沙汰を待つ身となり、姉であるイズーナ皇女は自主的に自室にて謹慎していた。

僕は光の精霊ルーだ。僕はリリに加護を授けてからずっと見ている。なのに何度も泣かせてしまった。小さな体をより小さく丸くして泣きじゃくるリリを見ていられなかった。何よりリリは優しすぎるんだ。

だからと言うわけではないが、少し意見を言わせてもらおうと思ってね、やって来たんだ。

皇帝と第1皇子フレイ、第2皇子クーファル、主要貴族達が集まる会議にさ。

滅多な事では人前に姿を見せないいんだが、偶《たま》には良いだろう。

「陛下、そちらの方は一体……」

上位貴族であろう1人の男が聞いた。

「皆、座りなさい。ルー様」

皇帝が横に外れ、皇子や側近、従者達と共に控える。

「僕は、第5皇子リリアス・ド・アーサヘイムを守護し加護を授けた光の精霊だ。リリアスに名をもらってルーと言うんだ。何処かの神話で太陽神や光の神と言う意味らしい。今日は君達に一言言わせてもらおうと思ってやって来た」

僕はいつもの白い鳥の姿ではなく、人の姿だった。人の世界では普通この姿にはならないんだけどね。前にこの姿で人前に出たのはいつだったたか？　もう覚えていない位に遥か昔だ。

その時に僕の姿を見た誰かが言ったらしい。

『真っ白な衣装に、真っ白なヴェール。髪は金糸の様に煌めき、瞳も金色なのに透ける様だ。一目で人ではないと分かる美しさと風格。そして僅かに身体が光っている。その上話し出すと、その声には心に響く威厳がある』

ね、いつもと違うだろう。

貴族達が呆然と座っている中、1人が徐に席を立って跪き頭を下げた。その貴族に僕は声を掛けた。

「君は何をしている？」

「光の精霊様、お目に掛かれて光栄にございます。私はこの帝国で辺境の地をお守りしておりますアラウィン・サウエルと申します。皇帝陛下とは学友でありました」

この男、ブルーシルバーの長い髪を無造作に纏め、屈強な身体に端整な顔立ち、蒼い眼が鋭く光り、如何にも只者ではないと思わせる。人間にしてはなかなかの威圧感だ。

「恐れながら、辺境の地におりますと、リリアス殿下のご存在の大きさがよく分かります。殿下がお生まれになってから、明らかに魔物の被害が減少しております。光の神のご加護だと、お生まれになって心より喜びまた安堵しておりました」

ほう、光属性を持つ皇子が生まれただけで、辺境の地にまで影響があったんだね。

「辺境の地にも『光の樹』と言い伝えられている樹木がございます。『光の大樹』程ではございませんが、我が邸の裏庭に5本並んでおります。その5本の樹に、先日突然真っ白な蕾が膨らみ出し翌日には満開に咲いておりました」

「ああ、初代皇帝と初代辺境伯が一緒に植えたと言い伝えられる樹だね」

「はい、そうです。陛下にその事をご報告致しましたところ、リリアス殿下が『光の大樹』に花を咲かせた日と、私の裏庭の5本の樹に花が咲いた日が同じだと判明致しました。私は陛下と共に、なんと有難い事であろうと、感嘆致しました。この皇子殿下を大切に守り育てなければと」

ほう、離れた領地にいてもリリの事をそう思う者がいるんだな。

「お聞きしたところによりますと、殿下は大層慈悲深くお優しい利発なお方とのこと。本日、光の精霊様がこの様に我々の前に姿をお見せになり、先程の様な話をしなければならない程、失礼な行いをした者がいるのだと推測致しました。大変……心より大変申し訳なく思う次第でございます」

いつの間にか、皇帝自身とその後ろに立ち並んでいた皇子、側近、侍従全ての者達が僕に跪き頭を下げていた。

皇帝までもが僕に跪いているのに、大半の貴族達はそれに気付かず、席に座ったまま僕を見つめて呆然としている。数人の者が気付き慌てて膝をついた。そんな中、僕は言ったんだ。

「そうか。君の様な者もいたんだね。その花が散っても気にしないように。あれは僕がリリアスの魔力量を推し量る為にやらせた遊びだ。他意はないんだ。僕もまさか花を咲かせるとは思わなかったんだ。まるで初代皇帝を見ている様だったよ」

「おぉ……なんと！」

「初代皇帝とは……！」

と、騒めきが起こる。

「良いかな、君達。光の神をこれ以上侮るんじゃないよ」

その一言で場がしんと静まった。

「そのリリアスに害をなす者がいるよね」

僕はその場にいる貴族達をゆっくりと見回した。

「あの小さな身体を震わせて、声を殺しながら泣くリリアスを僕は何度も見た。リリアスは自分が悪いと言う。自分がいなければ、平和な生活を奪われ利用され酷い目に遭わされる人はいなくなると。だから自分は城に籠る。自分はいない事にしてほしいと。そう3歳の幼な子が言ったんだ。君達は、これがどういう事なのか分かるかい？」

整然と机が並べられた大広間が張り詰めた空気に包まれたんだ。やっと僕の真意が伝わったみたいだ。

「言葉もまだ辿々しい幼児が、周りの人間も笑顔でないと良しとしないんだ。なのに、君達大人は何をしているのかな。我が身が良ければ、他人や国はどうでも良いのかな？　自分が満足できれば民達はどうでもいいか？　光の神はその様な心根の者を守護しているつもりはないよ」

貴族達が息をのむのが分かる。

「しっかりと覚えておいてほしい。僕が加護を授けたリリアスに、今後悪意を以《もっ》て近付く者がいたら僕が許さないよ。そして、リリアスを害する事は、光の神を侮辱する事に繋がるのだと心得てほしい。光の神を侮辱する様な事があれば、この国は衰退していくよ。リリアスだけでない。国の未来を担う子供を害してどうする。分かったかな？　これは警告だよ」

そう言って僕は片手を上げ会場内を見回し一振りすると、キラキラと光の微粒子が降り注いだ。

そして、その直後……

「う、う、うわーー！」

高位貴族の従者の1人に、それは浮かび上がった。全身に巻き付く様に、黒いイバラの印が現れたんだ。その従者に向かって僕は言った。

「そこの従者。レイズマンに加担しているね？」

「捕らえよ！」

皇帝の側近セティが叫んだ。

途端に近衛が、イバラの印が浮き上がった従者を捕らえた。

「この場にいる者。リリアスに害を為そうものなら、そこの従者と同じ印が浮かびあがるよ。覚えておいてね」

その場にいた、全ての貴族達が僕に跪き頭を下げた。そして、僕は光と共に消えた。

後日、リリに報告したんだ。

「超気持ち良かった！　スッキリした！　貴族達がびっくりしていたよ！」

そう言ったら、リリが何故か呆れていた。なんでだよ？


俺の知らない所で色々な事が動いていた……らしい。

ルー、本当にやめてほしい。そりゃ、気分良かっただろうよ。後日、自慢げに話してきた。またいないと思っていたらそんな事をしていたのか。

俺、そんな良い子ちゃんじゃないよ。普通だ。中身はごくごく普通の庶民だ。

さて、父と兄の捕物はどうなったのか？　結局、昨日は帰ってこなかったなぁ。と、思いながら俺はソファでボーッとしていた。最近泣きすぎだ。ちょっと疲れた。こんなに泣くのか？　て、位泣いていた。　干からびちゃうよ。

「失礼致します。殿下」

「リエピオス、どうしたの？」

「暫く、お邸からお出にならない様にお願い致します」

「どうして？　何かありゅの？」

「邸近くの街で、流行り病かも知れません」

流行り病だと……？

「リエピオス、近くの街って奴隷商のあった街？」

「そうです」

「なんで？　いつかりゃ？　症状は？」

我慢しきれず突っ込んで聞いてしまう。医者の性《さが》だ。

「まだ何も分かっておりません。私がこれから様子を見て参ります」

「リエピオス１人で？」

「いえ、リュカが護衛に付いてくれます」

「そう。あ、もし採取できりぇば……」

「はい、殿下。水ですね」

「うん、さしゅがリェピオス。でも、気をつけて。口を布で……」

「はい。口を布で覆って手袋に白衣、戻ってきたら『クリーン』ですね」

「かんぺき。また教えてね」

「はい、殿下。では、行って参ります」

なんだ、予防対策は完璧じゃないか。この時期の病か。まだ肌寒い日もあるから食中毒は考えにくい。感染症か？　朝方は特に肌寒いからなぁ……

「リリ、どうかしたの？」

「かーしゃま」

母が部屋に来てくれた。思わず駆け寄りまた抱きついてしまう。好きなんだよなぁ、母親が。暫く離れていたから余計だよ。

母親に手を引かれてソファに座る。

「何か飲まれますか？」

と、ニルが母に対応してくれる。

「有難う。紅茶をお願いできるかしら」

「畏まりました。殿下はりんごジュースですか？」

「うん。ニリュありがとう」

紅茶とりんごジュースが置かれた。俺は母の隣で髪を撫でられながら、母にピトッと寄り添っている。ただの甘えん坊だ。

「まあ、リリは相変わらずりんごジュースなのね」

「はい、かーしゃま。でもしゅこし前にシェフが仕入りぇてくりぇた、とってもおいしいぶどうジュースも飲んでました」

「まあ、母様も飲んでみたかったわ」

「ボクも初めて飲みました」

「ふふふ、美味しかったのね」

出された紅茶を優雅に一口飲み、母がニルに聞いた。

「ニル、レピオスが来ていた様だけど何かあったのかしら？」

「はい。近くの街で病が流行っているかも知れないので、念の為お邸から出ない様にと」

「まあ！　大変。私も行こうかしら」

えっ!?　なんでだよ!?

「かーしゃま!?」

「殿下、エイル様は回復魔法を使われます」

なるほどね。だからって普通、私も行こうかしら。になるのか？

「殿下、エイル様はそう言う方です。殿下のお母上ですから」

なんだよ、ニル。それ、どう言う意味だ？

「ふふふ。なんだか私よりニルの方がリリを良く分かっているみたいで妬けちゃうわ」

もう俺は、心がほんわかするよ。

「かーしゃま！」

思わず抱きついちゃった！

「ふふふ。リリも魔法を使える様になったのでしょ？」

「はい、るーにおしょわりました。いちゅもいないけろ」

その時……ポンッと光が弾けてルーが現れた。

「リリ、僕はいるよ！」

「らっていちゅもいない」

「いや、いるから」

「邸がおしょわりぇた時いなかった」

「いや、あの時はだな……」

「解呪すりゅ時もいなかった」

「いや、だからな……」

ジトッとルーを見る。ニルも一緒にジトッと見ている。

「リリ、ごめんて！」

俺はちょっぴりほっぺを膨らませて軽くそっぽを向く。

「リリー！」

だめだめ。俺はまだ、ちょっと怒っているんだ。心配だってしたんだぞ。

「じゃあ、今日はずっといるから、この前の続きを教えてやろうか？」

「あ、今日はかーしゃまがいりゅかりゃいいれーす」

要らないと、片手を前に出す。

「なんだよー！」

「ふふふ。ルー様、リリの母のエイルと申します。大変力になって下さったそうで感謝致します。ルー様の武勇伝をお聞きしましたよ」

「へっ？　僕の武勇伝？」

「かーしゃま、何ですか？」

「お城でね、お偉い貴族の方々をギャフンと言わせたんですって。陛下が、見ていて気持ちが良かったと仰っていたわ」

「るー……」

俺はまたジトッと見る。

「リリ、何でそんな目で見るんだよ」

「だってるーだもん。調子にのったんでしょ？」

「いやいや、リリ。僕は精霊だからね。分かっているかな？」

「うん。知ってりゅ……しぇいれーしゃんってちょびっと偉いんでしょ？」

うん、美味しい。と、俺はコクコクとりんごジュースを飲む。

「いや、このタイミングでりんごジュース飲むの！」

「ふふふふ。リリはルー様とお友達なのね」

「はい、かーしゃま。おともらちでしゅ！」

せっかくだから、母も交えてルーに魔法を教わる。即席、ルーの魔法講座の開講だ。

「ねえ、るー。みんな一度にまとめてすりゅのがいい」

「みんな一度にって何だ？　分かんないよ」

「リリはエリア魔法の事を言っているのかしら？」

「かーしゃま、エリア魔法ってみんな一緒にできますか？」

「ええ、できるわよ」

「るー、しょれらよ」

「ああ、その事か。例えば、ヒールならエリアヒールだ。ハイヒールならエリアハイヒールだね。一度、エリアヒールを試してみようか？　この部屋にいるみんなに掛けるイメージで『エリアヒール』だ」

ルーに言われた通り、ニルや母も一緒にとイメージして心の中で詠唱する。

『エリアヒール』

すると、部屋の中に白い光が降り注いだ。

「まあ、リリ。初めてなのに直ぐできちゃうなんて凄いわ。なかなかできない人も多いのよ。ちゃんと皆にヒールできているわよ」

ニルもうんうんと頷いている。どうやら、成功したらしい。

「そりぇはひーりゅじゃなくても使えりゅの？」

「ヒールじゃなくても？　どの支援魔法でも、て事かな？」

「しえんまほーってなあに？」

「そっか、リリはそこからだね。回復するヒールや、攻撃を援助するブレイブ、防御力を高めるプロテクトとかを纏めて支援魔法って呼ぶんだ。光属性を持つ者は他属性と違って支援魔法が得意なんだよ」

「そうなるね」

ほうほう、支援魔法な。じゃあ、前に俺がしたのもそうなのか？

「るー、ボクがかいじゅしたのも支援魔法？」

「そうなるね」

ふむふむ。だから全員纏めて解呪できたのか？

「でもな、リリ。支援魔法ならなんでもできるって訳じゃないよ。限られた魔法だけだ」

おや、けど俺全員纏めて解呪したぞ？

「ボクが前にかいじゅした時……」

「ディスエンチャントの事か？」

「しょう。エリアちゅけなかった」

「ディスエンチャントはエリアなんてないぞ？」

ん？　なんだって？　じゃああれは何だ？

「ありぇ？　けろ、できた」

「あー、多分あれだろ。リリはあの時、全部纏めてできたらいいなーて思ったろ？」

「うん、思ってた」

「それでリリ、できちゃったのか？」

「うん、19人できた」

「19人!?　リリはなんでそんなハッキリ数が分かるんだ？」

「だって、20人いて最初に1人かいじゅして、あと残った人たちじぇんぶ」

「なるほどね……。加護があるから強化されてるのもあるけどさ。リリ、普通はできないな」

……………おや……？


リーセ河近く、疎《まば》らに生えている樹々が馬の行く手を阻む。王国との間、リーセ河に架かる橋まであと少しの距離だ。其処で数十名の鍛え上げられた帝国騎士団が、たった6名の一行を追い詰める。

橋の手前にある検問の扉は、既に固く閉じている。6名の一行は、レイズマン子爵とその従者や護衛達。

帝国第5皇子リリアス・ド・アーサヘイムの殺害を企てた主犯だ。第1側妃の叔父に当たる。

一行を追い詰める騎士団の最前列中央を走るのは、帝国第1皇子フレイ・ド・アーサヘイム。鼻筋にある縦長な白斑と長白の肢元が目立つ、一際美しい毛並みの馬を駆る。

「逃がすなッ!! 絶対に王国側へは渡らせるな! 回り込め!!」

――おおーッ!!

一斉に騎士団が回り込み、あっと言う間に取り囲まれた6名のレイズマン子爵一行。

「クソッ! 何で分かったんだ!!」

「子爵! あれは第1皇子の騎士団です!」

「何だと! 第1皇子だと!?」

子爵の従者や護衛は5名のみ。騎士団は30名以上。勝敗は明らかだ。

「子爵……お、皇子だけでなく……!」

第1皇子フレイの後ろから、真っ白な馬に乗った皇帝が現れた。上級騎士のオクソールが一歩先に出て、レイズマン子爵に剣を向けた。

「こ、皇帝陛下! 陛下が何故!? お、お前、まさか騎士のオクソールか!?」

皇帝と第1皇子が前に進む。

「子爵、お前は狙った相手が悪かったな」

「俺の弟を殺そうとした罪、しっかり償ってもらおう! 捕らえろ!」

一斉に騎士団が子爵一行を捕縛していく。

「ま、まさか皇帝自ら出て来るなんて……！」

「当たり前だ！　私の息子を殺されかけたのだからな！」

「ハハ……大誤算だ！　しかし……これで終わりだと思うなよ！」

レイズマン子爵はまだ叫ぶ。

「何を言っている？」

「皇帝陛下、第1皇子殿下、あなた方の大事な末の皇子は今頃どうなっているだろうな！　楽しみだ！　ハッハッハッハッ！」

第1皇子のフレイが、レイズマン子爵の胸倉を掴み問い詰める。

「なんだとッ!?　お前、何を企んでいる！」

レイズマン子爵は息も苦しそうに抗《あらが》う。

「グッ！　離せ！　私は知らない！　ただ、ガルースト王国の者を入れただけだ。第5皇子の滞在先を教えてやった。奴等が何をするかなど知らん。今頃どうなっているか等私には関係のない事だ」

「お前、それでも帝国の貴族か！」

「貴族だと!?　初めから馬鹿にしていただろう！　レイヤは私の姪だ！　大事な姪なんだ。それを側妃などに！　レイヤは皇后になれる筈だったんだ！」

叫ぶようにレイズマン子爵は訴えるが、第1皇子フレイは半ば呆れた様に返す。

「お前、何を馬鹿な事を言っている？　皇后は侯爵以上の爵位の家から選ばれる。側妃は伯爵以上。それが建国以来の決まり事だ。貴族典範を読んだ事がないのか？　学園でも必ず履修するぞ。学ばなかったのか？　貴族なら誰もが知っている事だ」

「はぁ!?　嘘をつけ！　お前達の方から持ち掛けたんじゃないのか!?　フレイスター伯爵夫人が、金と引き換えにレイヤをなんとか皇后にしてくれと懇願した筈だ！　それをお前達は、伯爵家だからと馬鹿にしたんだろう！　それで私の姪は、選ばれずに仕方なく側妃になったんじゃないか！」

「お前は騙されたんじゃないか？　もしや、特別に皇后にするには金が要るとでも言われて金品でもせびられたか？」

「……ッ!!　まさか……！　そんな!!」

「立て！　王国とどんな交渉をしたッ!?」

「クッ……！」

フレイは両手で掴んでいたレイズマン子爵の胸倉を揺さぶる。

「レイズマンッ！」

呆然としているレイズマン子爵。

「……わ、私は……騙されたのか……!?」

「王国との取引は何だ！」

「ご、５名だ。私が王国へ亡命する代わりに、５名の工作員を、秘密裏に入国させた。後は知らない。知る必要などなかった」

「……クソッ!!」

第1皇子フレイは、掴んでいたレイズマンの身体を勢いよく突き離した。

「捕縛しろ！」

フレイは皇帝の下へ、オクソールは即座に馬へと戻って行く。

「父上、別邸に戻ります！」

「待て！　私も行く！　セティ！　後を頼む！」

「はいッ！　陛下！　フレイ殿下！　お気をつけて！　第1分隊護衛につけッ！」

――はッ!!

皇帝の側近セティの言葉も終わらぬ内に、皇帝、第1皇子フレイ、オクソールの3人は馬に乗り駆け出した。


「……ふあぁ……」

おや？　俺寝てた？　本を読んでいた筈なんだけど、ベッドにいるな？

「殿下、お目覚めですか？」

「うん、ニリュ。ボクいつ寝た？」

「ご本を読みながらコックリと」

「えー、じぇんじぇん読めてないや」

懐かしいな、受験の頃を思い出す。参考書に向かうと何故か眠くなるんだよ。よく途中でいつの間にか寝てしまっていた。

「りんごジュースをご用意しますか?」

「うん。ちょうらい」

ゴソゴソとベッドを下りる。

ソファに座るとりんごジュースが置かれた。俺はいつもの様にコップを両手で持って飲む。

「やぁ、リリ。今日は防御魔法の練習をしよう」

パタパタとルーが飛んできて肩に止まった。

「るー、最近はいりゅんだね」

「いつもいるさ」

――コクン……コクッ……ぷはっ。

「またりんごジュースかよ!」

「で、ぼうぎょって?」

「ああ、自分や周りの人に防御力を高める効果を付与したり……」

俺は、いつもと変わらない平和な日々を送っていた。

この後、ルーに防御魔法を教えてもらった。防御魔法とは、自分や味方の防御力を高めたりバリアを張って攻撃を回避する魔法の事だ。防御力や攻撃力、体力回復力、移動速度などが向上し、自分達に有利な状態になることをバフと言うのだそうだ。

結論から言うと、俺の膨大な魔力量のお陰で簡単に使うことができた。

試しにニルに掛けてみると、驚かれてしまった。

「殿下、普段の生活で防御力をアップされても……」

と、ちょっと引かれてしまった。まあ、いいじゃん。練習だよ、練習。

だが、そんな俺にも忘れてはいけない、いや、忘れられない注意点が1つある。

「だからさ、リリは詠唱を口にしたらダメだって。癖つけないと。いざと言う時に間に合わないよ？　その一呼吸が危険な場合だってあるよ？」

ルーがパタパタと飛びながら注意をする。

「うん、しょうなんだよ」

「なんだ？　そうなんだ、て？」

「侵入者をちゅかまえた時に、一度口に出したんだ。しょりぇで魔法が発動しなくて、ちょっぴりあせった」

「マジか。ちょっぴりて何だよ。危ないよ？」

「うん。気をつけりゅ」

――コンコン
「殿下、失礼致します」

レピオスが部屋に入ってきた。街から戻ってきたんだな。

「リェピオス、どうだったの？」

「はい、どうも変です」

「へん？」

「症状だけを見ると食中毒です。下痢と嘔吐、腹痛なのですが、同じ水源でも症状が出ている者と出ていない者がおります」

て事は、水じゃない。レピオスに座って、と手で合図すると、ニルがお茶を淹れてくれた。

「リェピオス、しょりぇで？」

「共通した食べ物もありませんでした。ですので、考えられる事は空気感染又は……」

「毒だよね」

空気感染は有り得ない。空気感染ならあんな一部の限られた地域だけに現れるなんて不自然だ。

「はい。殿下、私もそう思います」

「症状のありゅ人達のかりゃだに傷はないのかな？」

「まだ全員確認できておりません」

「毒なら解毒薬を作りゅのに、毒を特定しなきゃだめだよね？」

「そうなんです。症状からある程度推測はできます。しかし、ピンポイントでは難しいかと」

「しょっか……」

どうすんだ？　毒ってか……

「なんで毒なんか……」

バタンと部屋のドアが開いてリュカが入ってきた。

「殿下！　失礼します」

「リュカ、どうしたの？」

「レピオス様に言われて、兵達と症状のある者の身体を調べていたのですが、これを！　同じ針が数名の服に刺さっているのを発見しました！」

リュカがハンカチに包んでいた数本の針を見せた。縫い針よりもっと細い針だ。この細さだと刺さっても気付かないかも知れない。

「リュカ！　お手がりゃだよ！」

凄いぞ！　よく見つけた！

「リェピオス、おねがい！」

「はい、殿下！　リュカそれを持ってついて来なさい！」

「はい！　レピオス様！　殿下、失礼します！」

レピオスとリュカが慌てて部屋を出て行った。針に毒がついていれば、その毒を解析して解毒薬を作るんだ。

「なあ、リリ。盛り上がってるとこ悪いんだけどね」

ルーがテーブルに乗ってきた。

「うん？」

「あのさ、リリ。さっき魔法で教えたじゃん？」

「なに？」

「覚えてないのか？　毒と言えば？」

なんだよ、ハッキリ言えよ。毒と言えば……毒……

「あんちどーて！」

「そうだ」

早く言ってくれよ！　レピオスがいる時に言ってほしかった。


「リリ、バタバタしている様だけど。何かあったの？」

母が開けっ放しのドアから顔を出した。丁度いい！

「かーしゃま！　あんちどーて、ちゅかえますか？」

「ええ、勿論。光属性を持つ私達にとっては支援魔法は初歩だもの」

「るー、手伝ってくりぇりゅ？」

「当たり前だろ！」

「かーさま、リェピオスのとこりょに行きましょう！」

俺はソファからぴょんと下り、そう言って母の手を引っ張った。

「え？　え？　何かしら？」

「エイル様、歩きながら私がご説明を」

「ニル、分かったわ」

ニルは俺をヒョイと抱き上げげた。やっぱそうなるよね？　俺、チビだから。歩くのも遅いし。階段あるし。

「リェピオス！　リュカ！」

「殿下、エイル様！　どうなさいました？」

レピオスが毒のついた針を薬液に浸けていた。毒の種類を調べて解毒薬を作る為だ。だけど、そんな事もういいよ。だって俺、アンチドーテ教えてもらっちゃったからね。

「リェピオス、魔法がありゅじゃない！」

「殿下、アンチドーテですか？」

「しょう！」

「え？　殿下は覚えてらっしゃるので？」

「さっき、るーに教えてもりゃった！」

フンスッ！　と、ちょっぴり鼻息荒くしちゃったぞ。

「……さっき……ですか!?」

「でもリェピオス、でいす……でいえん……？　なんらっけ？」

「リリ、もしかして、ディスエンチャントかしら？」

「そう！　かーしゃま、そりぇです！　そりぇもリェピオスに教えてもりゃって直ぐできたかりゃ、だいじょぶだよ。たぶん」

「殿下……たぶんと。まだ殿下は解毒魔法を覚えておられないと思って解毒薬を作ろうとしていたのですが」

あれ？　レピオス、疑ってる？　だって前はできたじゃん？　支援魔法の中でも初歩だから大丈夫だよ。

「もし、リリができなくても、私ができるわ」

「エイル様……アンチドーテをお願いできますか!?」

あれれ？　レピオスが喜んでる？

「ダメです！　リリ殿下！」

あれれれ？　リユカ、ダメなの？

「リユカ、どうして？」

「あ、いえ。魔法がダメなのではなくて、殿下が邸を出るのはダメです！」

「リユカ、なんで？」

「殿下、この毒針を見て下さい」

そう言って、リユカは針を1本見せた。

「これは素人ではありません。例えばです。すれ違う時に、ドンと肩をぶつけてこの針で刺します。そうしたら、ぶつかった事に気を取られて刺された事には気付かないでしょう。そして、服に針が刺さったまま何本も残っていると言う事は、犯人は針を回収するつもりがないのです。そのまま放っておいても、針が自然に落ちて気付かれないと踏んでいるんです」

なるほど、それだけ細い針なら気付かないな。

「こんな針を使うのは訓練された者の仕業です。それに毒の症状が出ている者も命に関わる訳ではありません。重症者もいません。毒で殺そうと思えば殺せるのにです。おかしくないですか？　ですから、この騒動は殿下を誘き出す為のものではないかと俺は思います」

リュカ、いつの間にか凄く進化してないか？

「「おおー！」」

パチパチパチ。ルーと一緒に感心しちゃった。拍手までしてしまったよ。リュカ洞察力凄いなぁ。

「じゃあ、どうするのかしら？」

はい、母。ごもっとも。

「どうしよ……？」

「リリ、僕を忘れてないかい？」

「忘りぇてないよ？」

「いやいや、違うだろ。僕はリリの何かな？」

「お友りゃち」

「いや、もうお友達でも良いけどさぁ」

「るー何言ってんの？」

「だからさ。僕はリリの魔法の師匠だ！」

「え？　しょうなの？」

ルーが足蹴りしてきた。ペチッて。ペチッて。

「るーなによ？」

「だからな、光の精霊の僕がね、ひとっ飛びして空からアンチドーテ掛けまくってあげるよ！」

……まあ！　なんと言う事でしょう～！

そうだ、唯の白い鳥さんじゃなかったよ。

「るー！　えりゃい!!」

「だろ？　だろ～？　もっと褒めていいよ！」

「まあ！　ルー様、素晴らしいです！」

「そうでしょ、そうでしょ！　でもな、あの街を狙ってるって事は、リリの居場所がバレてるって事だ」

ルーが俺の肩でドヤってる。鳥さんなのに。

「そうなんです！　だから、殿下は邸から出ないで下さい！　殿下が街に行かないと分かれば、敵は邸にやって来る可能性があります。ここで迎え討ちましょう！」

「リユカ！　しゅごい！　賢い！」

でもなんか、緊張感ないなぁ……

「じゃあ、僕どーすんの？　魔法掛けに行っていいの？」

「うん、るーおねがい！　くりゅしいのはつりゃいかりゃ早く治してあげたい！」

「よし！　じゃあ行ってくるね。リユカ、リリを頼んだよ！」

「はい！　ルー様！　お気をつけて！」

「おうッ！」

そう言ってルーはポンッと光って消えた。

「では、殿下。皆で応接室に行きましょう」

「リュカなんで？　ボクのお部屋じゃなくて？」

「はい、応接室の方が広いので戦いやすいです。それに1階ですし、玄関からも近いです。もし、オクソール様が戻って来られたら、応接室にいれば気付いてもらえます」

まあ！　リュカ凄い！

「あなた、冷静なのね。心強いわ」

お、リュカ、母にも褒めてもらったよ。

「あ、有難うございます！　殿下のおそばにいられる様、頑張りますッ！」

あらあら、直立不動になっちゃった。やっぱ母は美人さんだからか？　リュカ、顔が赤いよ？

「リュカ、私は殿下とエイル様をお連れするから、邸の皆に知らせて回ってくれる？　各自武器を持って、応接室に集合よ」

「はい！　ニル様、承知しました！」

リュカは走って行った。そうだった。邸のみんなは強いんだった。

「では皆さま、参りましょう」

「はい」

その日、光の大樹近くにある街の隅々へと光の粒子が降り注いだ。

毒で苦しんでいる人々を癒やす光が……

光の加護を受けていると言われる帝国の神話がまた1つ生まれた。

人々は見た。街の上空を光の粒子を降りまきながら飛ぶ、孔雀の様に見事な尾羽を持つ1羽の白い小さな鳥を。

頭にある淡いブルーの羽根がまるで冠の様に見える。

同じ淡いブルーの小さな胸を張り、豊かな白い翼を羽ばたかせる。できるだけ街の広範囲に光の粒子を振りまく為に。

地上では、奇跡が起こりだす。

「あ……あれ？　治った……！」

「苦しくないわ！」

「なんだったんだ……？」

毒に冒された全ての人々を癒やすと、街の上空を数度旋回し民達が回復したのを見届けて白い鳥は飛び去って行った。

聖なる湖の方に……

「あれはきっと、光の精霊様だ！」

「守って下さったんだ」

「光の大樹に花が咲いた事と関係あるのか？」

「精霊様の加護を受けた皇子殿下がいらっしゃるからじゃないか？」

「そうか！　皇子殿下のお陰か！」

「有難い！」

王国の工作員達も見た。街に光の粒子が降るところを。

光の粒子が全ての毒を癒やしてしまうところを。

「何なんだ、この街は！」

「この光、何だよ？　毒が消えてしまったぞ！」

「そんな馬鹿な！　嘘だろ？」

「俺達があんなに広げたのに！」

「クソッ、失敗だ！　行くぞ！」

街人の格好をした王国の工作員５名は、聖なる湖の方へ走り去って行った。

彼らの任務は、街を毒で冒して騒ぎを起こす事。そして、皇家の別邸に滞在している光属性を持つアーサヘイム帝国第５皇子リリアス・ド・アーサヘイムを誘き出し、事故に見せかけ殺害する事。

その後、帝国が衰退するのを待って侵略し、王国の領土とする。

そうすれば、光の神の加護を王国のものにできる。そうすれば、繁栄が王国に約束される。と、王国の王は思い込んでいた。

しかし、相手が悪かった。計画は全て、小さな第5皇子に心を寄せ付き従う者達に砕かれて行く。

そうとも知らずに、皇家別邸を目指し静かに駆け抜けて行く王国の工作員達5名。

「簡単な仕事だ。たった3歳の小さな皇子を殺害するだけだ」

「失敗などする筈がない」

「のんびり静養しているがいいさ」

「勝利は俺達の手の中に」

「王国で選び抜かれ、特別な訓練を受けた工作員の俺達が失敗する筈がない」

そんな慢心が油断を招く。

そして辿り着いた皇家の別邸。

「おい、静かだな」

「ああ、誰もいないのか？」

「たかが末の小さい皇子1人だ」

「警備も大した事はないのだろう」

「行くぞ！」

気配を消して5人は静かに別邸へと入って行く。

裏に回り使用人専用の出入り口を探す。カギは掛かっていない。そこから足音を忍ばせ、気配を消して正面玄関付近までやって来た。

「おい、誰もいないぞ」

「楽勝だな」

「馬鹿な奴等だ」

「王国の力を見せてやろうぜ」

「シッ、声がするぞ」

　邸の1室から、子供らしい声が聞こえる。

「だかりゃぁ、ボクはりんごジュースがいいの！」

「殿下、今日はこれからりんごを搾らないともうないんです」

「えぇ〜、もうないのー？」

「葡萄ジュースは如何ですか？　あれも美味しかったですよ」

「うん。ありぇはとっても美味しかったねー」

「それに殿下、あの葡萄ジュースはもう来年まで飲めません」

「えー、もうないの？」

「はい、先ほど飲まれた分が最後です」

「えぇー！　残念だねぇ！」

　第5皇子のものと思われる呑気な声が聞こえてくる。

「はっ、馬鹿が」

「何が葡萄ジュースだ」

「お気楽なもんだぜ」

「狙われているとも知らずにな」

「行くぞ」

５人の工作員は、自分達に隠密魔法を掛けて声のする方へと進んで行く。そして部屋の前まで来た。

「行くぞ」

「「「「おぅ」」」」

５人は思い切りドアを蹴り破り入って行く。

――バンッ！

『ライトバインド』

「ウワッ!!」

「動けない！」

「なんだッ!!」

「魔法だ!?」

「どうした!?」

リリのライトバインドで拘束されてしまう工作員。だが……

「バインド位想定済みだ！」

確かに想定していたのだろう。最初に踏み込んだ男から距離をとって続いていた４人はバインドに掛からなかったんだ。流石、訓練を受けた工作員だ。

「オク！　リュカ！」

「「はいッ!!」」

しかし、一瞬の隙を逃さないオクソールとリュカ。

そして、腰の剣帯に今日は剣を挿しているシェフだ。

3人で4人の相手をする事になる。が、オクソールが早かった。

一瞬のうちに間合いをつめたかと思ったらすれ違いざまに1人を倒していた。

「リュカ！　そっち抜けられたぞ！」

「はいッ！」

返事はしているものの、リュカは既に1人と剣を交えている。

「お任せーッ!!」

シェフが、リュカの横をすり抜けた男に真っ直ぐに斬り込んでいく。

工作員も剣を受け止め様とするが、受け止めるには重すぎたらしい。体勢を崩しシャフの剣撃に沈む。

オクソールは流れる様にもう1人の背後を取り、一閃。

リュカが、真っ直ぐに斬り込まれる。受け止めて流し、相手に隙が生まれた瞬間に反撃に転じる。

工作員達は抵抗したものの、オクソール、リュカ、シェフには敵わず圧倒されていく。

「クソッ！　第5皇子だけでも！」

リュカと対峙していた工作員がわずかな隙をみてリリに向かって短剣を投げつけた。

「殿下！」

リュカが素早く斬撃を叩き込む。しかし、投げられた短剣のスピードに間に合う訳がない。

「殿下ーッ!!」

——ガキーーン!!

ニルが侍女服のスカートを翻し、中に仕込んでいたナイフで叩き落した。

「ニリュ！」

「殿下、大丈夫ですか？」

何事もなかったかのように、ニルがリリに微笑んだ。

「ニリュ!! しゅ、しゅごい！」

あっと言う間に拘束された工作員達。オクソールとリュカ、シェフの3人が5人の工作員に剣を突きつける。

彼らが見たものは……街の上を飛んでいたあの白い鳥を肩に乗せた、小さな小さな皇子。

その皇子を中心に、侍女やメイド、医師、使用人まで武器を手に、皇子とその母であろう高貴な佇まいの女性を守っている。そして、その皇子達全員を囲む様にして構える帝国騎士団の騎士達。

そうか、自分達は失敗したんだ。どうして？ 楽な仕事の筈だったのに。

「お前達の計画は失敗だ」

「俺の出番も残しておいてくれよ」

背後から声がした。

「ああ、工作員なら私の顔位知っているだろう？」

「父上、当たり前でしょう。帝国皇帝の顔を知らなければ工作員失格でしょう」

その声の主は……言われた通り、工作員なら当然知っている。

アーサヘイム帝国皇帝、オージン・ド・アーサヘイム。

アーサヘイム帝国第1皇子、フレイ・ド・アーサヘイム。

「何で……帝国皇帝と第1皇子が……!?」

「父上、やはり知っていましたね。私の事も知っている様ですよ」

「ああ、馬を飛ばして戻って来た甲斐があったよ」

「お前達にはこれから全て話してもらう。王国との交渉にも良い材料となるだろう。お前達の国王はよっぽど欲深いらしい。周辺諸国にも大々的に発表するとしよう。王国は、工作員を5名も使って僅か3歳の皇子を殺害しようとしたとね。ああ、その3歳の皇子の返り討ちにあって拘束された事も発表しないとな」

「3歳の皇子の返り討ちにあっただと!?」

「馬鹿な！」

「そんな事できる筈がない！」

「最初に魔法で拘束されただろう？　その魔法を掛けたのは、3歳の皇子だ。帝国を甘く見るなよ。なあ、リリ」

「はい、にーしゃま！　残念ながりゃ最初にりゃいとばいんどで拘束したのは3歳のボクです。罠

だと分かりゃなかったなんて、もっとしりゃべないと油断しすぎです。小さな子供だかりゃ、簡単にちゅかまえりゃりぇりゅとかりゅく見た貴方達の負けです！」

「…………!!」

工作員達は思った。

『何を言っているのか分からないじゃないか!?』


時は数刻遡る。皇帝と第1皇子、オクソールは別邸を目指し全速力で馬を走らせていた。

「陛下とフレイ殿下はゆっくりいらして下さい。私が先に戻りますので！」

「オクソール、馬鹿を言うな！　息子の危機にゆっくりする親がどこにいる！」

「そうだ、オクソール。弟を見捨てる様な事できるか！」

「邸の者は皆強いので心配いりません！　大丈夫です！」

「なら、オクソールがゆっくり戻れば良いではないか！」

「陛下、私はリリアス殿下の護衛ですから！」

「オクソール、お前ばかりリリにカッコいいと言われてズルイんだよ！」

「フレイ殿下、それは関係ありません！」

「お三方、喋っていると舌を噛みますよ！　急ぎましょう！」

護衛騎士に突っ込まれながら、爆走して戻ってきた父、兄、オクソール。なんと余裕で間に合っていた。だって戻ってきてから、お茶飲んでいたからね。

3人が戻ってきた時はビックリした。どうした？　何だ？　て、思った。でも、ホッとしたんだ。

その頃、ルーは調子に乗って街の上をキラキラさせながら飛んでた訳だ。だって光らせる必要は全くないんだ。ルーが言うには演出だそうだ。気分なんだって。

――あー！　見て見て！　光の精霊様じゃない!?

――本当に!?　あれが精霊様なのか!?

――精霊様ありがとうー！

とか言われて、有頂天だったんだろうね。ウホウホだよ。

さて、それから戻ってきた3人に計画を説明した。

俺とニルの間抜けな会話で、油断していると思わせる。そして、応接室に誘き寄せる。ドアを開けた瞬間に、俺のライトバインドが炸裂さ！　破裂してないから炸裂じゃないか。まあ、いいや。雰囲気だ。

何より、オクソールとリュカ、それにシェフが強かった。もしかして、王国は何もかも遅れているのかも知れない。帝国みたいに多種族国家じゃないから、切磋琢磨が少ないのだろう。だから、王国から帝国の学園への留学はあっても、逆はないんだろう。

魔法に対する意識も違う。帝国では、魔法抵抗を高める訓練もしている。訓練された兵ならバインド系の魔法はまず掛からない。多種多様な魔法を想定して訓練しているんだ。兵も鍛え方が違う。

帝国は獣人を相手にする場合も想定しているから、兵達は皆屈強だ。獣人の方が身体能力が優れているからね。

それにオクソールの様に兵の中にも獣人はいる。王国の工作員などに負けはしない。

でも正直、父や兄、オクソールが騎士団を連れて戻ってきた時は嬉しかった。いくら邸の者達が強いと聞いていても、不安だったから。

さて、その後。

レイズマン子爵の自供により、レイヤ第1側妃達の罪が確定した。

フレイスター伯爵自身は既に爵位剝奪の上、国外追放になっていたが、伯爵夫人はまだ牢の中にいる。側妃達も勾留中だった。

その勾留中だった、フレイスター伯爵夫人、レイヤ第1側妃にも沙汰が下った。レイズマン子爵とフレイスター伯爵夫人は皇子の命を執拗に狙ったとして、爵位剝奪全財産没収の上、国外追放。2人の侍女と、以前会議中に、ルーの力で全身に黒いイバラの印が浮き出た従者は、レイズマン子爵と王国との橋渡しをして儲けていた事が発覚した。それを重いと判断し犯罪奴隷として強制労働が科された。

あと忘れてはならないのが、帝都民達に邸の前に目印をつけられた貴族が3名いた。この3名は、フレイスター伯爵夫人の協力者だった。罪状を公表し、爵位剝奪、邸を売却しないと払えないだろう金額の罰金刑となった。貴族としてはもう終わりと言う事だ。

父はその罰金を帝都の為に使うと公表した。帝都の街道と衛生環境の整備、そして孤児院への援助だ。摘発できたのは都民達のお陰だと言って、すべてを帝都民の為に還元したんだ。

これから貴族は都民に見張られながら生活する事になってしまう。

それから、第1側妃の娘であり第2皇女のイズーナ・ド・アーサヘイム。父は友好国への留学を打診していたが、本人の希望でシスターになる勉強をする事になり既に教会へ入っている。

そして俺が泣き喚いた原因である第3皇女のフォラン・ド・アーサヘイム。俺を湖に突き落とした実行犯だ。だが、まだ子供と言う事もあり、今後まだまだ更生の余地ありと判断され、難ありの令嬢の受け入れ先になっている修道院へ入る事が決まった。

この修道院は、北の果ての山脈近くにある湖の中程に浮かぶ小島に建てられていて、1度入ると周りは湖だから外出はできない。もちろん脱走もできない。面会も容易ではない。環境は厳しいものとなる。

俺は仕方がないと今は思う事にした。既に帝国中に母親とフォラン本人の関与が知られている。普通には暮らせない。教会や修道院で、ただ心穏やかに暮らしてくれる事を祈るばかりだ。

お互いもっと大人になった時に、また会うことができたらなぁと思うよ。

最後に、王国の工作員5名。彼らは、クーファル・ド・アーサヘイム第2皇子と父の側近セティ・ナンナドルによって王国まで送り届けられる事となった。

ある意味、最強最悪の2人だ。2人共、とんでもなく頭がキレる。おまけに弁が立つ。

……

普段から俺を可愛がってくれている第2皇子クーファルが、国王と謁見して最初に言った一言が

「よくも我が帝国の第5皇子を殺そうとしてくれたな！　私の可愛い弟を！」

と、凄んだらしい。本当かどうかは知らない。

王国の国王は知らぬ存ぜぬで言い逃れ様としたらしいが、逃さなかった。2人して、ガンガン責めて責めまくった。全ての証拠を突き付け、それでも言い逃れをするなら、一切の貿易を取りやめると言った。

帝国は王国と貿易をしなくても正直然程《さほど》困らない。まあ、貿易利益は減るので損失にはなるのだが。

しかし王国側は死活問題だ。食料は勿論、燃料や魔道具、装飾品も質の良い物は帝国に頼っている。

今の王国は自国で努力をしてこなかった。当然、困るのは王国。そして2人は国王に条約を突き付けた。

この先10年間の関税の撤廃。

今後何があっても帝国への介入を禁止する。

「もしも破った場合は、空から魔法の火の玉が降ると思え」

と、言い放ってきたそうだ。実際に超ド級に大きな火の玉を出して見せたとか、見せていないとか。本当かどうかは知らない。

うん、人間知らない方が良い事も沢山ある。俺は聞き分けの良い3歳児だからな。

「さあ、リリ。城へ帰ろう！」

「リリ、何してるの。帰るわよ！」

「はい、とーしゃま！　かーしゃま！」

さあ、帰ろう。俺の生まれた城に。

もうこんな騒動に巻き込まれるのはごめんだよ。いや、本当に。

シェフの1日

私は、リーム・フリンドル。リリアス第5皇子殿下付きのシェフをしている。私の朝は早い。

リリアス殿下は今皇家所有の別邸で静養されている。この邸に残っている殆どの者がリリアス殿下付きだ。皆、朝は早い。だが、その誰よりも私は早く起きて厨房にいる。

毎朝の日課だ。まず、裏にある鶏舎へ行って新鮮な卵を取ってくる。それから、朝食のメニューを考えながらりんごを取り出す。もちろん、リリアス殿下がお好きなりんごジュースを搾る為だ。

リリアス殿下はりんごジュースがとてもお好きなんだ。オレンジジュースではなく、りんごジュースがだ。

だが、このりんごジュース。シェフである私の頭を悩ませる。

何故かと言うと、りんごは時間が経つと変色するからだ。茶色くなってしまう。

私はリリアス殿下に搾りたてのフレッシュなりんごジュースを飲んでいただきたい。味には変わりないだろうが、時間が経ったりんごジュースなんて出したくないんだ。

だから、私は日に何度もりんごを搾る。まずは手始めにりんごを擦りおろしていると……

「おはようございます」

「ニル殿、おはようございます！　もうすぐ、できますよ！」

「はい、シェフ。ここで待たせていただいてもいいですか？」

「構いませんよ」

と、毎朝リリアス殿下付きのニル殿がりんごジュースを取りに来る。

「シェフは強いし魔法も使えるのに何でシェフなんですか？」

と、聞いてきたのはリュカだ。狼獣人のリュカ。リリアス殿下に命を救われて、それからリリアス殿下に付いている。

いつの間にやって来たのか、じっと私がりんごを搾っているのを見ている。

「リリアス殿下に、安全で栄養価の高いお食事を召し上がっていただく為に決まっているだろう！」

「そうッスか」

分かり切った事を聞いてくる。

分かっているのか、いないのか？　年齢はニル殿より1歳上だそうだが、ニル殿の方がしっかりしている様に思う。

「シェフなのに、何で剣帯をしてんスか？」

と、またリュカが聞いてきた。

私の恰好は、腰に白いエプロンをつけて頭には白い三角巾。そして、白いエプロンの上から剣を挿す為の剣帯をつけている。それを見て、リュカが聞いてきた。

私は擦りおろしたりんごを布で搾りながら答える。

「決まっているだろう、剣を挿す為だ」

「剣帯ですもんね」

「リュカ、そこに立て掛けてあるでしょう。あれはシェフの剣よ」

ニル殿が説明している。厨房の隅に立て掛けてある私の剣を指さしている。

「あ、本当に剣がある。厨房なのに」

よし、今朝の分は搾れた。搾ったらすぐに状態保存の魔法を掛ける。もちろん、搾りたてのものを飲んでいただく為だ。そして、専用の容器に移しニル殿へと手渡す。

「ありがとうございます」

「はい！」

さあ、これからリリアス殿下の朝食作りだ。今朝は何にしようか？　殿下は黄身がトロッとした目玉焼きがお好きだから……

と、私が朝食のメニューを考えているとまたリュカが話しかけてきた。

「シェフは剣も使えるんですか？」

「リュカ、シェフは強いわよ。戦うシェフなんだから。では、頂いていきます」

ニル殿が搾りたてのりんごジュースを持って厨房を出ていく。

「シェフ、１度手合わせしてくださいよ」

「オクソール殿がいるだろう？」

私は殿下の食事の用意で忙しいんだ。

ジャガイモの皮を剝き千切りにしていく。

「さすが、シェフ。上手いもんッスね」

「リュカ、いつまでそこにいるつもりだ？　オクソール殿と朝の鍛練をしなくても良いのか？」

「あ、そうでした！　俺、行きます！」

慌てて、厨房を出ていくリュカ。やはり、どこか頼りない。

さあ、殿下の朝食作りだ。

温めたフライパンにバターを入れ、ジャガイモを軽く焼いていく。良いバターの香りがしてきた。

ジャガイモを丸く盛り中央を少し窪ませる。その周りにチーズをのせ、窪みに卵を割り入れる。

少しだけ水を入れ蓋をして蒸し焼きにする。

殿下のお好きな黄身がトロットロになる様に、でもジャガイモは少しカリカリに。

うん、良い感じでできた。そこにフレッシュ野菜を添える。焼きたてパンと、昨日から仕込んであったかぼちゃのスープも一緒にトレイへ載せる。

ワゴンに載せて、お部屋まで持っていく。ドアの前でスタンバイ完了だ。

今朝の殿下はどうだろう？　この別邸に来られてお辛い事が続いた。一時は食事も取れない程のお熱が出た。

りんごを擦りおろしたものをお出ししたり、殿下がお好きなミルク粥を作ったり。

最近やっと落ち着いてこられた。今日も元気なお声で呼んでくださるだろうか？

と、私が考えながらお待ちしていると、部屋の中からお声がした。

「シェフ！　おはよう！」

ああ、良かった。お元気そうなお声だ！

「はい！　殿下、おはようございます！」

私は元気よく殿下のお部屋に入っていく。有難い事だ。

いくら殿下専属だとは言っても、普通はお目にかかる事だって叶わない。なのに、殿下は私を呼んでくださる。

お辛い事があったのに、まだ3歳なのに母君と離れてたった1人で別邸におられる。寂しくない筈がない。なのに、私の様な者にまで笑って気軽に声を掛けてくださる。

「ん～！　おいしい！　とろっとろ～！　シェフ、おいしいよ～！」

「はいッ！　有難うございます！」

なんて、お可愛らしい笑顔だ。お口の周りに卵の黄身がついている。薄っすらとピンク色したほっぺには、チーズがついている。ニル殿が横から拭こうと手を出す。

今日も元気でいらっしゃる。良かった。

「シェフ、ごちしょうしゃま！　おいしかった！」

「はい！　有難うございます！」

食器を片付け、またワゴンを押して部屋を出る。さあ、次は昼食だ。

この辺では小動物しかいない。今日も角兎でも狩ってくるか。

私は、厨房に置いてある剣を腰の剣帯に挿す。リリアス殿下には、新鮮でおいしいものを召し上がっていただかないと！

　馬に乗ろうと厩舎へ向かう。

　途中でオクソール殿とリュカが鍛練をしていた。

「リーム殿、今日もですか？」

「当然です！　リリアス殿下に新鮮なものを召し上がっていただかないと！」

「え？　何スか？」

「シェフは毎日リリアス殿下の為に狩りに行くんだ」

「毎日……!?」

　何を驚いている？　当然じゃないか。やっと普通に食べられる様になられたんだ。栄養価の高い、新鮮なものを召し上がっていただくんだ。

　私は馬を走らせる。少し森へ入ると獣が出てくる。予想通り角兎がチラホラと。私は難なくそれを狩り馬に括りつける。

「キャハハ！　ニリュ、るー、こっちだよ！」

　近くで、リリアス殿下のお声がする。こんな森の中で何をされているのだろう。ニル殿が一緒らしいから危険はないだろうが。

　私は気になって、お声のする方へと向かう。

「えっとぉ、あった！　こりぇが薬草？」

「そうです。殿下。よく見つけられました」

おや、レピオス殿も一緒らしい。

「あー、こりぇは薬草じゃないんだ。お花！　ニリュ、お花だよ！　可愛いねー」

「はい、殿下」

「あー！　シェフ！」

私に気付かれた殿下は、大きな声で私を呼びブンブンと手を振ってくださっている。元気になられて良かった！

「殿下、薬草採取ですか？」

「しょうなの！　リェピオスに教えてもりゃってりゅの！」

「シェフは狩りですか？」

「はい！　殿下のお昼にと！」

「え!?」

「殿下、シェフはいつもですよ」

「え？　ニリュ？」

「殿下のお食事用に狩りをしているのです」

「ほんとに!?」

「はい！　この辺には大型の獣はいませんので角兎程度ですけど」

と、私はついさっき狩った角兎を見せる。

「ひょぉぉー!!　シェフ、しゅごい！」

「有難うございます！」

「シェフ、ありがと！」

にっこりとして私に礼を言われた殿下。何だ？　礼を言われる様な事はしていないのだが。と、戸惑ってしまった。

「わじゃわじゃ、ボクの為に狩りまでしてくりぇて、ありがと！」

「で、殿下ぁ!!」

「ふふふ」

「おやおや」

そんな和やかな場にポヨヨンとどこからか現れた1匹のスライム。

「ありぇ、もしかしてしゅりゃいむ？」

「そうですよ。見られたのは初めてですか？」

「うん、はじめて！」

「こちらから攻撃しない限りは何もしてきませんよ。ほら、殿下。あちらには角兎もいますね」

私が指す方を殿下はご覧になる。目がキラキラと輝いておられる。

好奇心旺盛なんだ。何にでも興味を持たれる。

と、その時だ。殿下が見ておられた角兎の姿が一瞬で消えた。

「え？　ありぇ？」

「殿下!!」

さっきまで角兎がいた場所に鋭い爪をのばして立っていたのはアウルベア。頭部のみが梟《ふくろう》で、それ以外の部分が熊の魔物だ。頭部には白や茶色の羽毛が生えていて、それ以外の体の部分は茶色の体毛に覆われている。体長は2メートルを超えているだろうか。そのアウルベアが突然現れこちらに向かって突進してきた。

咄嗟に、殿下を抱きかかえ身を躱す。

間一髪で避けられたものの、私は腕に爪の攻撃を受けてしまった。アウルベアは強力な魔物だ。さすがに完全には避け切れなかった。

「シェフ!!」

「殿下！　大丈夫です！　離れていてください！」

こんな場所にはいる筈のないアウルベア。角兎を追ってきたのか!?

腰の剣を抜き、私はアウルベアへと向き合う。

大きな体で鋭い爪を使って攻撃してくる。それを剣で受け止め流す。

「シェフ！　腕に怪我してりゅ！」

「殿下、大丈夫です。邪魔になります。離れていましょう」

そうだ、ニル殿。殿下を頼む。私はこいつに集中する。

耳を劈《つんざ》くような声をあげてこちらを威嚇してくる。

私は素早く足元へと入り込み一太刀を浴びせる。そのまま腹を横一閃に切りつけ一度退避する。

攻撃されて怒っているのだろう。アウルベアは叫び声をあげる。大きな手についている鋭い爪で切り裂こうとしてくる。が、それを軽々と躱し、私は高くジャンプした。

そして、首の根本からそのまま袈裟斬りにすると、アウルベアは断末魔の様な悲鳴をあげ土煙をあげながらドンと倒れた。

「シェフ！　シェフ！」

「殿下！　お怪我はありませんかッ！」

「ボクよりシェフが！」

「これしき、どうって事はありませんよ」

殿下を抱きかかえて逃れた時に、アウルベアの爪先で引っ掛かれた傷だ。腕から血が流れていた。殿下は私の事を心配してくださる。

「ダメ！　ボクが治しゅ！」

殿下はそう言うと、私に回復魔法を掛けてくださった。

引っ掛かれた腕の部分が白く光り、直ぐに傷が塞がっていく。何て、素晴らしい回復魔法なんだ！　私如きに勿体ない事だ。

「リエピオス、傷はだいじょぶだと思うけど、シェフを診て！」

「殿下、大丈夫ですよ。シェフは日ごろから鍛えておられますから。回復魔法で十分ですよ。シェフ、ふらついたりしますか？」

「いえ、まったく。大丈夫ですよ」

「シェフ、ほんとにだいじょぶ？」

「はい、殿下！　有難うございますッ！」

「よかった！　びっくりしたよ！」

「はい、普段はアウルベアなどいる筈がないのですが。念の為、オクソール殿に言って周囲を警戒してもらいましょう。殿下も邸にお戻りください」

そう言って、私は倒したアウルベアを肩に担ぐ。それを見て殿下は驚いていらっしゃる。

「え？　シェフ、そりぇどーしゅんの？」

「殿下、今夜はごちそうですよッ！　こいつは肉が美味いのですよ！」

「ひょ〜！　しょうなの!?」

「はいッ！　楽しみにしておいてください！」

「うん！」


私は戻って早速アウルベアを解体し、モモ肉を切り分けた。

アウルベアは捨てるところがない。肉は美味いし、羽毛や毛皮も使える。

骨をコトコトと煮込むとおいしいスープができる。

「おッ!!　シェフ、アウルベアじゃないッスか!?　ごちそうッスね！」

リュカだ。最近よく厨房にやって来る。

「リュカ、オクソール殿に邸周辺を警戒してくれる様に言ったんだが、ここにいても良いのか？」

「あッ!!　そうでした！」

慌てて、厨房を出ていく。一体、何をしに来たんだ？

リュカはまだ少し頼りない。リリアス殿下の護衛見習いなのだから、もっとしっかりお守りできるようになってもらわないと。

さて、先に昼食だ。先ほど狩った角兎の肉にスライスしたトマトをのせチーズをたっぷりとのせてオーブンへ。リリアス殿下はとろけるチーズもお好きだからな。

そして、焼きたてレーズンパンとスープだ。

思った通り、おいしいと言って食べていただけた。うん、良かった。

殿下はまだお小さいから、お昼寝をされる。その間に私はおやつのゼリーを作る。殿下のお好きなりんごの角切りとはちみつを使ったゼリーだ。

りんごに砂糖とレモン果汁を振りかけて熱をとおしてある。そこに、はちみつを入れる。

ほんのり甘酸っぱくて、りんごの食感も楽しめるゼリーだ。それを冷やし、またアウルベアに取り掛かる。

「シェフ」

「オクソール殿、どうでした？」

「近辺はしっかり見回ったので大丈夫だ。何か獲物でも追って出てきたのだろう」

「そうですか。では、やはり角兎を追ってきたのか」

「そうだろう。シェフ、今夜はアウルベアか？」

「はい、モモ肉を香草焼きにするとおいしいですよ」

「美味そうだ」

「ハハハ。楽しみにしていてください」

「ああ」

オクソール殿が見回ってくれたのなら安心だ。

「シェフ」

「ニル殿、もう殿下は起きられましたか？」

「そろそろですよ。今日のおやつを、頂きに来ました」

「はい、お待ちください」

私は冷やしておいたりんごゼリーを取り出す。

「冷やしておいてほしいのです」

「今日は何ですか？」

「殿下のお好きなりんごゼリーですよ」

そう言いながら、私は氷魔法で少し冷やしておく。あまり冷やしすぎるのもよくない。

「頂いていきます」

「はい、よろしくお願いします」

「ああ、シェフ。今夜はアウルベアですか？」

「そうですよ」

「フフフ、楽しみです」

みんな、アウルベアが美味いのを知っているんだ。

さあ、腕に縒りをかけて調理しないと。皆が楽しみにしている。

殿下は、アウルベアの肉は初めてだ。おいしいと言ってくださるだろうか？

そんな事を考えながら、私はいつもの様に部屋の前でお声が掛かるのを待つ。

「シェフ、お願いします」

ニル殿の声だ。

「殿下ッ！　夕食をお持ちしました！」

「シェフ、ありがと！　ありぇなの？　昼間の？」

「そうです、アウルベアですよ。スープもアウルベアからとってます。メインはモモ肉の香草焼きです。殿下、おいしいですよ」

「そうなの？　たのしみ！」

殿下の手には大きすぎるナイフとフォークで器用に切り分け、ハムッとお口に入れられた。どうだ？　美味い筈なんだが？

「ん～!!　シェフ！　めちゃおいしいぃ～！」

「はいッ！　良かったです、殿下！」

殿下の弾けるような笑顔が見られた。半日かけて料理した甲斐があった。

リリアス殿下付きの私、自称『戦うシェフ』の1日はこうして過ぎていく。

クーファル兄様のリリ観察日記

私の一番下の弟、リリアス。通称リリ。まだ3歳だ。

末っ子で歳が離れている事もあり、可愛い。何もかもが可愛い。あの舌足らずな喋り方で『クーにーしゃま』と呼ぶ時の仕草。ニッコリと私を見る笑顔。可愛くて仕方がない。第1皇子である兄のフレイや妹のフィオンもリリを猫可愛がりしている。

このリリ、私の欲目ではなく3歳なのに冷静で周りをよく見ている。それに、思いやりもありとても心優しい。それ故に、傷付く事も多い様だ。

リリは、やっと皇家に生まれた光属性を持つ皇子だ。なのに、リリは生まれた時から命を狙われてきた。何度もだ。

乳母が自分の胸に毒を塗っていたり、ミルクに毒を混入されたり、靴の中に毒針を仕込まれたり。

それだけではない。直接襲撃を受けた事もあった。父やエイル様と一緒に教会に出かけた時には、刺客に取り囲まれた。

そんな中でもリリは朗らかに真っ直ぐ育ってくれた。

今回は、実の姉である第3皇女フォランに命を狙われた。なのに、リリは父上に泣いてフォランの減刑を願ったそうだ。大泣きだったたと聞いた。

もちろん、フォランだって私の可愛い妹だ。普段から体面や面子を気にする子なのは気付いていた。それ故に、偏った見方をしている様な事もあった。だが、年頃の女の子だ。多少はそういう事もあるだろうと、軽く考えていた。

それが間違っていたのだろうか？　フォランが、まさかリリに手を出すなど思いもしなかった。

何故そんな事をしたのか？

セティが調べを進めている。言葉巧みに誘導した大人がいたらしい。フォランも被害者じゃないか。

兄のフレイと共に肩を落とした。何て事だと。リリを狙った奴等は許せない。フォランを巧みに誘導した者達もだ。

一体、皇家を何だと思っているのか。子供を私利私欲に利用するなど、以ての外だ。

父がリリの滞在している別邸から戻ってきた。私だけでなく、兄のフレイも気が気ではない。父が疲れているのは分かってはいたが、２人して執務室へと押し掛けた。

「父上、フォランだったと！　本当ですか!?」

「フレイ、本当だったよ。オクソールが証拠を探し出していた」

「父上、フォランは？　リリは？」

「フォランは連れ帰ってきた。沙汰が決まるまで別室で幽閉となる。イズーナまで自分も罰してほしいと言ってきた」

「イズーナが!?　イズーナは関係ないのでしょう？」

「ああ。だが、クーファル。イズーナは、フォランがこの様な事になったのは気付けなかった自分にも責があると言ってきた」

「そんな……」

「父上、セティが捕縛してきました」

「ああ。レイヤの実家だろう。母親であるフレイスター伯爵夫人が糸を引いていたそうだ。レイヤが皇后になれなかったと。それが理由らしい」

「馬鹿な！　それとリリとは関係ありません」

「どうやら、それだけではないらしい。セティがまだ調べを進めている」

「夫人の実家の子爵ですか？」

「クーファル、何故それを知っている？」

「伯爵夫人の実家であるあの子爵は別件でも調べている最中ですから。なかなか尻尾を出さなくて手出しできないでおります」

「そうか。しかし、今度こそ逃がさん」

「父上！　もちろんです！　奴等はリリを狙ったんだ！」

「ああ。フォランだってそうだ。２人共私の可愛い子供達だ。それを……」

「父上、リリはどうしていますか？」

「見ていられないさ。泣き崩れて、私に縋ってフォランの減刑を訴えてきた」

「リリが……！」

「リリは理解しているのですね？」

「ああ。まだ3歳だというのにな。すべて理解していたよ」

私はその話を聞いて、執務室を後にした。すると、直ぐに兄上が追いかけてきた。

「クーファル！　待て！　俺が行く！」

「兄上は執務があるでしょう？」

「お前だってあるじゃないか！」

「私はどうとでもなります。兄上と違って毎日真面目にやってますから」

「そんなの関係ないだろう！」

「ありますよ。兄上、処理する書類が溜まっているでしょう？　私は溜めていませんから」

2人で揉めていると、そこへ厄介な者がやって来た。

「お兄様！　リリが泣いていると聞きましたわ！」

一体、誰がフィオンに知らせたんだ！　余計に面倒な事になるだろう！

「いや、大丈夫だ。フィオンが気にする事はない」

「誤魔化さないでください！　リリが泣いているのでしょう!?」

「フィオン、私がこれから様子を見てくる。お前は待っていなさい」

「嫌です！　私も参ります！」

「いや、何でだよ！　長男の俺が行くって！」

「兄様は黙っていてください！　余計にややこしくなりますわ！」

ややこしくしているのは、フィオンだ。兄上やフィオンもリリが心配なのはよく分かる。だが、ここは譲れない。

「フィオン、今からだと夜通し馬を走らせる事になる。お前には無理だ」

「クーファル兄様！　嫌です！　私も参ります！」

「だから！　俺が行くって！」

ああ、もう！　2人共、リリの事となると冷静さを失ってしまう。周りが見えなくなるんだ。

「兄上、フィオン。リリが泣いているのですよ。傷付いているのです」

「分かってますわ！　だから姉である私が……」

「だから、兄の俺が……」

「ですから！　私が参ります！」

この2人には任せられない。

「どうしてですか!?」

「クーファル！　何でだよ！」

「2人共、ちゃんとリリを励ませるのですか？　諭せますか？　泣いているのですよ？」

「だから、私が抱き締めてあげないと！」

「いや、俺が抱き上げてやってだな！」

「だから！　私が参ります！　リリは悪くないと慰めてきます。２人にはできないでしょう？　リリの泣き顔を見て冷静でいられますか？」

「冷静でなんて……」

「そうだよ、冷静に……」

「２人共無理でしょう？　今回は任せてください」

「お兄様！　だって……」

「これは、私の役目です」

「クーファルだけいつもズリーんだよ！」

「お兄様！」

何がズルイだ。もう、面倒な。私は２人を放って足早にその場を離れた。

「クーファル様」

「ソール、すまないね。別邸へ走る」

「はい。馬の用意はできております」

「そうか、有難う」

よくできた側近だ。ちゃんと私の意を汲んでくれている。まあ、ソールもリリが心配なのだろうがね。

私は側近のソールと最低限の護衛を連れて別邸へと夜通し馬を走らせた。

到着したのは昼近くになっていた。

直ぐにリリの部屋へと向かう。ドアの前で一呼吸してノックをする。

ドアを開けて部屋を見ると、リリがソファーに座り上半身だけをコテンと倒して横になっていた。小さなリリの体がより一層小さく見えた。

ああ、傷付いている。ボロボロじゃないか。一目で分かった。

「やあ、リリは起きてるかな？」

なるべく、いつもの様に話しかけた。

「……クーにーしゃま。どうしてここに？」

ああ、私を見る目が真っ赤だ。薄いピンク色の頬には涙の跡まである。また、泣いていたのか？

そばに控えていたオクソールを見ると、小さく首を振った。

ああ、やはりな。泣いていたんだ。

「リリに会いたくなってね」

そう言いながら、リリと目線が合う様にソファの前にしゃがんで、見つめながら頭を優しく撫でた。小さい。幼児独特の匂いがまだ残っている。

リリの丸い大きな瞳に涙がじわじわと溢れてくる。

「にーしゃま……」

「リリ、偉かったね……」

思わずリリを優しく抱き締めて背中をトントンする。可哀想に。リリが悪い訳じゃないのに。こんなに小さなリリをどうして傷付けようと思えるんだ!?

「ウグ……ヒック……エッ、エッ……ヒック……」

ずっと泣いていたら駄目だ。これ以上、リリ自身の心を痛めたら駄目だ。

泣き出したリリをヒョイと抱き上げた。

「リリ、泣いてばかりいるとまた身体を壊してしまう。兄様やオクソールと一緒に外へ出よう。今日のお昼は皆一緒に外で食べよう」

そう言ってリリを邸から連れ出した。

後ろからリリの小さな体を支えながら馬を走らせる。リリとは一緒に見ておきたかったんだ。良い機会だ。私達、皇家が初代皇帝の頃からずっと守ってきた大樹がある。初代皇帝が花を咲かせたと伝説の残る大樹へと向かう。

だがその前に、少し寄り道をしよう。私の秘密をリリに話しておこう。

リリが落とされたミーミユ湖。その少し奥へと入っていく。

「にーしゃま、どこに行くのでしゅか?」

「特別にリリには兄様の秘密の場所を教えてあげようと思ってね」

「にーしゃまのひみちゅでしゅか?」

「そうだよ、秘密だ」

森の中、木々の間を縫う様にゆっくりと馬を進める。

小さな川が流れている。ミーミユ湖から流れ出しているんだ。

そこで馬を止める。

「うわぁ……」

「どうだい、リリ。兄様の秘密の場所だ」

「にーしゃま、しゅごいでしゅ！」

良かった。多分、この時期だとは思ったが、咲いているかは確証がなかったから。

そこには深い紫色の花に、兎の耳の様な白い花をつけたラベンダーが辺り一面に咲いていた。ラベンダーの中でも、リトルビーと呼ばれる品種だ。薄紫色と白色に咲く花はまるで絨毯の様にも見える。ラベンダーの花が持つ特有の柔らかい香りが仄かに香ってくる。

「ここはね、兄様の秘密の場所なんだ。だから、リリ。誰にも言ってはいけないよ」

「ひみちゅでしゅか？」

「ああ。リリと兄様だけの秘密だ」

私はリリに話して聞かせた。この場所を見つけた経緯だ。

まだ幼い頃の思い出だ。兄達と一緒に森で遊んでいた。

兄上は幼い頃から活発だった。私はよく振り回されていたものだ。その日も兄上達は森の中を走り回って遊んでいた。私は、1人のんびりと森の中を歩いていた。何をする訳でもなく。薬草らしきものが目に入ればそれを観察したりしていたんだ。

ミーミユ湖は魔素濃度が高い湖だ。だから、その近辺にも貴重な薬草が生息していたりする。それを、見つけるのが嬉しかった。

1人で歩いていて偶然見つけた。少し珍しいラベンダー・リトルビーの群生地だ。

その周りに、貴重な薬草も群生していた。だから、私は秘密にしたんだ。ラベンダーも薬草も乱獲されない様に。

この、素晴らしい景色がなくならない様に。

リリを馬から降ろす。トコトコと歩いていきラベンダーの花を見ている。

私はジッとリリの後ろ姿を見ていた。ラベンダーの香りは落ち込んだ気持ちに自信と強さを与え、前向きにしてくれるという。心を元気にしてくれるんだ。今のリリには必要だろう。

「にーしゃま！　しゅごいでしゅ！」

振り返ったリリの顔には笑顔が咲いていた。

「こんなにいっぱいのお花、見た事ないでしゅ！」

「だから、リリ。兄様と一緒に大切にしてくれるかな」

「あい！　にーしゃま、大切にしましゅ！」

うん、元気な声になってきた。

「リリ、もう1箇所一緒に行きたい場所があるんだよ」

「はい、にーしゃま」

手を広げるとリリが飛び込んできた。

私の腕の中でやっと微笑むリリ。

この笑顔を守らないと。兄弟のフォローをするのは私の役目だ。

私の可愛い弟。リリアスの笑顔をクー兄様は守っていくと誓うよ。

リリとフォラン皇女

城の中、小さな影が動く。

周囲の警備兵の目を盗み、隠れながら移動するリリアス。小さな身体をより小さくしてトテトテと歩いていく。その後ろをリリアス付きの従者見習い兼護衛見習いのリュカが続く。

「しょぉ～っとね……」

「殿下、やめておきましょうよ～」

リュカは隠れるつもりがない様だ。堂々とリリアスの後をついていく。

「リュカ、何言ってんの。修道院にうちゅさりぇたりゃ、もう会えないんだよ」

「会う必要があるんッスか？　だって、殿下を……あ、すんません」

「いいよ。本当の事なんだかりゃ。けど、ちゃんとさよなりゃしたいんだ。このままは嫌なんだ」

「そんなもんッスか？」

リュカの言う事はもっともだ。何も好き好んで、自分を殺めようとした姉皇女にわざわざ会いに行く必要はないだろう。

それに、リリアスは隠れているつもりだが、ちゃんと見張っている者がいる。皇帝の側近であるセティ・ナンナドルが仕切っている隠密集団がしっかりと見ている。

トコトコと城の中を行くリリアス。

「リュカ、もっとちゃんとかくりぇて！　みちゅかりゅ！」

「えぇ～」

そんなリリアスの前に長い階段が……

「リュカ、抱っこ」

「はいはい」

ヒョイとリリアスを抱っこして堂々と階段を上がっていくリュカ。

抱っこされているリリアスは小さくなっている。隠れているつもりなのだろうか？　意味がない。

「リュカ、おりょして」

「はいはい」

また、廊下を行くリリアス。

相変わらず、周りをキョロキョロ見て忍んでいるつもりだ。

だが、しっかりと隠密集団は見ている。

「殿下、だから意味ないっス」

「何がぁ？」

「え、ですから……」

最初から見られているとは言えない。

「もう、リュカ。もっと小しゃくなりゃないとみちゅかりゅかりゃ」

だから、何度も言うが意味がない。

そのうち、一室の前で止まるリリアス。

「えっとぉ、確かこの辺のお部屋だと思うんだ」

そう言いながら、ある一室のドアをそっと開ける。どうしてその部屋だと知っていたんだ？

その部屋にいたのは、リリアスの思惑通りフォラン・ド・アーサヘイム。リリの姉である第3皇女だ。今は身分を剝奪された元皇女だ。

「ねーしゃま……」

「……リ、リリアス……」

「ねーしゃま」

リリアスがゆっくりと部屋に入っていく。リュカも直ぐ後からついていく。

別邸近くにあるミーミユ湖。そこに、リリアスを突き落としたのがフォランだ。

被害者と加害者。だが……

一概にそうは言えない。フォランは母である第1側妃とその侍女達にそう仕向けられた。ある意味、フォランも被害者だ。

まだ、13歳だ。城以外の世界を知らない子供だ。

そんな事を考慮して、更生の余地有りと見做され、修道院へと送られる事が決まっている。

今は、城の自室ではなく、別室にて謹慎中だ。牢の様な場所ではない。ちゃんと、貴族が留まる様な部屋だ。確かに貴賓室などではないが、不自由はないだろう。

広い部屋に何をするでもなく、ぽつんと1人ソファーに座っていた。

そこに突然リリアスがやって来た。

部屋の空気が凍り付く。リリアスが声を発した。

「ねーしゃま。ボク……」

「何しに来たの……私に文句を言いに来たの？　それとも、笑いに来たの？」

「しょんなこと……」

「じゃあ、出ていって。あんたの顔なんて見たくもないわ」

「ねーしゃま……」

「リリアス殿下、戻りましょう」

リュカがリリアスに声を掛ける。

「ねーしゃま、ボクはねーしゃまとお話ししたいです。修道院に行ったりゃもう話しぇなくなってしまいましゅ。だかりゃ……」

「話すことなんて何もないわ」

「……ねーしゃま、泣かないでくだしゃい」

口では強気な事を言っていたフォランだが、その茶色の瞳からは大粒の涙がポロリと零れた。

「な、泣いてないわ」

「ねーしゃま、ボクはうりゃんでいません」

「……」

「ねーしゃまは、何があってもボクのねーしゃまでしゅ」

「良い子ちゃんなのね。それとも、自分が何をされたか理解してないの？」

「分かってましゅ。ねーしゃまはボクをこりょそうとした」

「……」

「でも、でも、ねーしゃまの本心じゃないでしゅよね」

「……本心よ。本当にリリアスの事が嫌いだったわ。私にないものを全部持っているリリアスが大嫌いだった」

リリアスがトコトコとフォランに近づきフォランの涙を拭いた。

「うッ……うう……」

「ねーしゃま、だいじょぶでしゅ。ごめんなしゃいしたりゃ、やり直しぇます」

姉皇女は、ただ黙って聞いている。黙って、涙を拭かれている。

「まだ、ボクの髪色やかーしゃまの立場や属性魔法がうりゃやましいでしゅか？」

「……」

リリアスが、フォランの前に立つ。小さな手でフォランの頭を撫でる。

「くりゅしかったでしゅか？　寂しかったでしゅか？」

「な、何よ。何なのよ……」

「ねーしゃま、ボクはねーしゃまの弟でしゅ」

「うッ……」

リリアスがそう言うと、ずっと目線を合わせなかったフォランの目が正面のリリアスを見た。

ポロポロと涙を流しながら。

「ずっと……ずっと、その髪色が羨ましかったのよ」

「はい」

「お優しくて温かい、リリアスの母様が……」

「はい」

「なんで、私は光属性を持っていないの？　て、思っていたのよ」

「はい」

「あんたが……リリアスが産まれた時……嬉しかった」

「はい、ねーしゃま」

フォランがリリアスをそっと抱き締めた。

「こんなに、小さいのに……」

リリアスがフォランの背に手をまわし、撫でる。

「うう……」

大丈夫だと言っているように、リリアスはずっとフォランの背を小さな手で撫でている。

「私は小さな弟を殺そうとしたのよ。許される事じゃないわ」

「ねーしゃま」

「何もかもが羨ましかったの。でも……嫌いになんてなれなかった」

「あい……」

「私の事は忘れなさい。リリアス、大きくなるのよ」

そう言って、フォランはリリアスを離す。

「ねーしゃま」

「お別れよ、連れてってちょうだい」

黙って見ていたリュカにフォランが目くばせをする。

「ねーしゃま！」

「殿下、行きましょう」

「行きなさい。リリアスの来るところじゃないわ」

「ねーしゃま！　ちゃんと食べてくだしゃい。ちゃんと寝てくだしゃい。ちゃんと、ちゃんと……

ボクが大きくなったら会いにいきましゅ！」

フォランがリリアスに背を向ける。

リュカがリリアスを抱き上げる。

「リュカ！　離して！　ねーしゃま、ねーしゃま！」

リュカが抱き上げて無理矢理部屋の外へと出る。

そこに、クーファルが待っていた。

「リリ」

「クーにーしゃま！　にーしゃま！　ボク！」

クーファルに手を伸ばす。

リュカからリリアスを抱き寄せ、しっかりと抱き締める。

「もういい。がんばったね」

「にーしゃま！　ぐしゅ……ボク、しゃよなら言えましぇんでした」

「ああ」

「ボク、またねーしゃまを傷ちゅけましたか？」

「そんなことはないさ」

「うわーん……ねーしゃまぁ……」

黙ってその場から歩き出す。リリアスの泣き声が部屋にいるフォランに聞こえない様に。

これ以上、２人とも泣かなくても良い様に。

泣き疲れて眠っているリリアスの髪を撫でながら寝顔を見つめているクーファル。

「殿下、すみません。お止めしたのですが」

「いや、リュカ。仕方ない。リリは案外強情だからね」

「でも、クーファル殿下。宜しかったのですか？」

「ニル、仕方ないだろう。リリのけじめだったんだろうね」

「けじめですか」

何を話したかったのか。どうしたかったのか。

リリアスにしか分からない。いや、リリアス自身も分かっていないのかも知れない。

和解できたのだろうか？

言葉にはなかったが、フォランの涙が物語っていた気もする。

「リリは本当に何をしでかすか分からないね。ニル、リュカ、リリを頼んだよ」

「はい、殿下」

「はい」


翌日、人知れずフォランは北の修道院へと送られていった。

同日、フォランの姉であるイズーナもシスターになる為に、帝都にある教会へと送られた。

リリが大人になったらまた会えるかも知れない。

実際、大きくなったリリとフォルセが偶然にもイズーナのいる教会へと行く機会があるのだが。

それは、まだまだ先のお話。

帝都への帰路

ガルースト王国の工作員達を捕縛し、翌日父や母と一緒に帝都へ戻る事になった。

その馬車の中なのだが、どうも方角が反対の様だ。工作員達を護送する隊は反対方向へと走っていく。

「とーしゃま、お城に帰りゃないのれしゅか？」

「その前にね、見ておきたいんだ」

「みりゅ？」

「そうよ。リリが花を咲かせた大樹をね、見ておきたいの」

ああ、そうか。ルーに言われて俺が魔力を流したら花が咲いたんだ。けど、もう何日も経っている。花は散っているだろう。

「いいのよ。リリが花を咲かせた大樹を、リリと一緒に見ておきたいの。私はリリの母親ですもの」

「かーしゃま」

「ああ、そうだね。私はリリの父親だ」

「とーしゃま」

俺は思わず母にポフンと抱き着く。母の愛情は温かい。俺は、良い両親の元に生まれたんだな。

馬車は、以前クーファルに馬で連れていってもらった道を辿る。

あの時俺は、ボロボロだった。フォラン皇女の事件があったすぐ後だったから。

「もう見えているかしら」

母が嬉しそうに馬車の進行方向を見ている。と……

「まあ……!!」

「どうした？　何かあったのかい？」

「陛下、リリ、見てください！」

母の声に少し疑問を感じながら、父と俺は窓から馬車の行く先を見た。

「何と……!!」

「ありぇ……？」

「ね、素晴らしいでしょう!?　驚いたわ！」

母が言う通り、父や俺も驚いた。馬車の前方に見えてきたのはあの大樹だ。一体樹齢何年なんだろう？　地にどっしりと根を張ったまるでご神木の様な大樹。その大樹に満開の白い花が咲き乱れていたんだ。

いや、白じゃないな。とっても薄いピンクだ。まるで、そう。前世の桜の様な色だ。

何でまだ咲いているんだ？　それにあの色は？

馬車が止まり、父に抱っこされて大樹の近くへと行く。

「やあ、リリ。驚いたかな？」

「るー！」

ポポンと白く光ったと思ったら光の精霊ルーが現れた。

「なんれ、まだ咲いてりゅの？」

「そりゃあ咲いているさ。あれはリリの魔力で咲かせた花だからね。普通じゃないんだよ」

「でも、るー。いりょがちがう」

「あれはね、ほら僕が空から魔法を掛けただろう」

ガルースト王国の工作員達の計画的犯行によって、このすぐ近くにある街が毒の被害にあった。その時、ルーが空から解毒したんだ。

「その時の魔力が混じったみたいなんだ。こんな事は初めてだよ。とても珍しい事だ」

「まあ！　ルー様とリリの魔力が混ざり合ったのですね！　素敵だわ！」

「光の精霊様とリリの魔力か。それは素晴らしい」

父や母が感動しているが、ルーのお陰だ。でも、綺麗だ。桜を思い出す。儚げな淡いピンクの小さな花。なのに、しっかりと主張していて力強く咲いている。

「とても綺麗だわ……」

「ああ、本当に。リリ、有難う」

「え？　とーしゃま？」

「リリが生まれてきてくれたから、私たちはこんな素晴らしい体験ができるんだ」

「そうよ」

「でも……でも、とーしゃま」

「リリ、悲しい事があっても大丈夫だ」

「そうよ、リリ。いつまでも引きずっていてはいけないのよ」

「かーしゃま」

「確かにフォランの事は悲しい事だ。でもそれだけじゃないだろう？　逆にこんなに嬉しい事だってあるんだ。この経験は、私たちにとっては大切な事なんだよ。フォランもきっと乗り越えてくれるさ」

「とーしゃま」

「試しに、皇帝の魔力も大樹に流してみたらどうかな？」

「ルー様、私ですか？」

「そう。今この大樹を支えているのは現皇帝の魔力だからね」

父の光属性の魔力だって膨大なんだ。

「リリの方が多いよ」

「るー、しょうなの？」

「そうだよ。初代皇帝以来だって言っただろう」

そうだった。この大樹に花を咲かせたのは帝国の初代皇帝以来だと言っていた。

「さあ、大樹に触れて魔力を流してみてよ」

「はい、ルー様」

父が俺を抱っこしたままで大樹へ近づきその幹に触れた。そして、父が魔力を流し出した。

父の魔力は力強く温かい。抱っこされている俺にまで分かる程、力強く大樹へと流れていく。

すると、大樹に変化が起こった。

「まあ！　何て綺麗なんでしょう！」

小さかった1つ1つの花が一斉に一回り大きくなったんだ。そして、無数の小さな花びらが花吹雪の様に空を舞った。ふんわりと薄い雲がちらほらとだけある快晴の青空を小さな淡いピンクの花びらが舞い散ったんだ。

その後には、存在を主張するかの様な一回り大きな花が咲き乱れていた。

「しゅごい！　しゅごいれしゅ！　とーしゃま!!」

あまりに予想外の事だったので、俺は興奮していつもより一層ちゃんと喋れていない。

「さすが、皇帝だ。花を成長させちゃったね」

「ルー様、成長ですか？」

「そうだよ、見て。一回り大きな花になっているよ！　アハハハ！　この親子には驚かされるね！」

「陛下！　素晴らしいですわ！」

「アハハハ！　リリ、父様も凄いかな？」

「はい！　とーしゃま、しゅごいれしゅ！」

「この大樹をこれから守っていくのはリリなんだ」

「あい」

「これから、リリは大きくなって色んな悲しい事や苦しい事があるかも知れない。でも、今日私や母様と見た大樹を忘れないでほしい」

「クーにーしゃまにも言わりぇました」

「そうか、クーファルか。クーファルだけでなく、リリの兄様達や姉様は必ずリリを支えてくれるからね」

「あい」

「良い子だ。リリは良い子だね」

俺達と一緒に大樹を見ていたオクソールやニル、そしてリュカも驚いた顔をして大樹に咲く花を見ている。

「わしゅりぇましぇん。じゅっとじゅっと覚えてましゅ」

「せっかくだ。この満開の花の下で休憩していこう」

「陛下、宜しいのですか？」

「少し位は良いだろう？　朝早く出てきたのだし」

「はい。じゃあ、ニル。お願いできるかしら」

「はい、畏まりました」

ニルが手早く敷物を広げていく。どこからか、シェフが走ってきた。

いつもの白いエプロンと三角巾はしていない。代わりに、いつも腰につけている剣帯に今日は使い込んだ立派な剣を挿している。そうしていると、まったくシェフには見えない。

自称、戦うシェフらしい。うん、ぴったりだ。

「ニル殿、りんごジュースです！」

「シェフ、有難うございます」

どうやら、俺のりんごジュースを持ってきてくれたらしい。

「ご用意できました。皆様、どうぞ」

「ああ、ニル。すまないね」

「有難う」

大樹のある場所は少し高台になっている。今日は良い天気だ。薄く白い雲がゆっくりと流れていく。

「……ありぇ？」

シェフが持ってきてくれたりんごジュースを飲んでいると、遠くから走ってくる馬が見えた。遠目で見ても長白の足元が目立つ一際毛並みの良い美しい馬だ。

その馬に乗っているのが……

「とーしゃま、ありぇ」

「ああ、フレイだね。来てしまったか」

フレイは兵達と一緒に捕らえた工作員を護送している筈だ。

颯爽と登場した第1皇子フレイ・ド・アーサヘイム。いつ見てもイケメンだ。最近では次期皇帝の貫禄も出てきたと噂になっている。

「父上、ズルイじゃないですか！」

なのに、駄々っ子の様に怒っている。どうした？

「フレイ、君は護送するんじゃなかったか？」

「セティに任せてきた！　父上だけリリと一緒に帰ろうなんてズルイですよ！」

「まあ！　フレイ殿下ったら」

ほら、俺の母もちょっと呆れてるよ？

「にーしゃま、どうしたんでしゅか？」

「リリ、俺が馬に乗せてやろうな！」

「ほんとでしゅか!?」

「フレイ、君は……」

「父上、1番近くの街までなら良いでしょう？　リリだってずっと馬車だと飽きますよ。なあ、リリ」

「乗りたいです！　とーしゃま、良いでしょう？」

「仕方ないね。街までだよ。それからは馬車で大人しくしているんだ」

「はいッ！」

「フレイ殿下、気をつけてくださいね」

「エイル様、大丈夫ですよ」

「僕もリリの肩に止まって行こうかな」

「それは良い！　ルー様、一緒に行きましょう！」

そして、フレイも大樹を見る。淡いピンクの花が満開に咲いている大樹だ。

一回り花が大きくなって、より一層豪華に咲いている。

「父上、花が咲いているのを初めて見ましたが素晴らしいですね」

「この花はリリと皇帝の魔力両方が混じっているんだ」

「父上とリリの……ルー様、素晴らしい！」

「ああ。帝国の財産だ」

「クーファルに自慢できるな」

「何の自慢なんだ。お前達はもう……」

「でも、父上。フィオンには内緒です」

「ああ、内緒だ」

「とーしゃま、にーしゃま。どうしてでしゅか？」

「それはな、リリ。フィオンがリリを好きすぎるからだ」

「あ～……」

「まあ！　ふふふ」

母よ、笑い事じゃないんだよ。フィオンは突拍子もない行動に出る事があるから要注意だ。

それだけ、俺の事を思ってくれているのは嬉しい事なんだけど。

そして、フレイにヒョイと抱き上げられた。

「リリ、俺達兄弟の大事な末っ子だ。皆、リリの事を心配している。さあ、帰ろう」

「あい！　にーしゃま！」

それから、俺はフレイの馬に乗せてもらって別邸近くの街へとやって来た。

人が行き来するようになると、声がかかる。

——フレイ殿下だ！

——フレイさまー！

——有難うございました！

——フレイ殿下と一緒なのはもしかしてリリアス殿下じゃないか？

——リリアス殿下！

この街で捕らえた奴隷商だが、裏でも阿漕な事をしていた。表の稼業は金貸しだ。

とんでもない利息で金を貸し、返せなくなると女子供を借金のカタに連れていく。

裏で賭場を開き、いかさまをして借金をさせ追い込んでいく。返せなくなったら同じ様に女子供を借金のカタに連れていく。

今回、フレイが先導して一網打尽にした。夜が明けきらない位の時間だったのにも拘わらず、見ていた街の人がいたんだ。

フレイ殿下が捕らえてくださった。フレイ殿下が態々《わざわざ》帝都から来てくださった。

街でフレイは英雄の様な扱いだった。

民達の声に、フレイは気軽に手を振って答える。それだけで、民衆は沸く。次期皇帝、フレイの姿だ。

「次期皇帝は人気者だ」

「にーしゃま、良かったですね」

「何がだ？」

「街の人達が喜んでくりぇてますよ」

「フレイの功績だ」

「リリ、覚えておくんだ。俺は次期皇帝だが、この帝国の皇家に生まれた俺達には責任があるんだ。民たちを守る責任がな」

「クーにーしゃまも言ってました」

「クーファルは君と違って落ち着いているからな」

「ルー様、人には適材適所というものがあります」

「ハハハ、適材適所か。じゃあ、クーファルはフォロー担当かな」

そうだよね、クーファルはやっぱフォロー担当なんだ。

「リリ、帝国は良い国だ。多種族多民族国家なのに皇帝が上手く治めている。初代皇帝の頃から変わらずだ」

「うん、るー」

「まったく問題がない訳じゃないが、皇家がぶれなければ大丈夫だ」

「ルー様、有難うございます」


別邸から城までは遠い。馬車で丸1日かかる。

暗くなってからやっと城に着いた。

「リリ、着いたわよ」

「ん……かーしゃま」

俺はちょっと疲れてウトウトとしていた。

父に抱っこされて馬車から降りる。すると……

「リリ！　ああ、リリ!!」

ガシッと抱き締められた。寝ぼけていたから、ちょっと驚いたよ。

「フィオン、少しは待てないのか？　リリは疲れているんだ。城の中に入る位待てないのかな」

「だって、お父様！　待てる訳ありません！　リリ辛かったでしょうに！　大丈夫よ！　姉様がついているわ！」

「あらあら、フィオン様。そのままだとリリや陛下も動けませんわ」

父に抱っこされたままの俺に抱き着いて離れようとしないフィオン。

気持ちは嬉しいんだけどね。ちょっとね……

「ねーしゃま、ボク眠いでしゅ」

「リリ、姉様が抱っこしてあげるわ！」

いや、いいよ。早く中に入らせて。

「フィオン、ほら離れなさい。リリが眠いと言っているだろう」

「だから、お父様。私がリリを抱っこします！」

「フィオン！　何をしているんだ!?」

今度はフレイがやって来た。俺達の乗った馬車よりずっと早く城に着いていたはずなんだが。

「お兄様は黙っていてください！　ずっとリリと一緒だったのでしょう？」

「何でだよ。俺は馬でリリは馬車だ。ずっと一緒な訳ないだろう」

「でも、別邸では一緒だったでしょう？　私はずっと城で待っていたんです！」

ああ、なんだかキリがない。俺もう寝ちゃってもいいかなぁ？

「殿下、部屋に参りましょう」

その時、横からオクソールがヒョイと俺を抱き寄せズンズンと歩いていった。

オクソール、やるね。よくあの場から助け出してくれたよ。

「殿下、寝られても大丈夫ですよ。ニル殿も付いてきています」

「うん。オク、ありがと」

「「オクソール!!」」

「オク、にーしゃまとねーしゃまが怒ってりゅよ」

「お気になさらず。キリがありませんから」

フレイとフィオンが呼ぶ声にも止まらず、どんどん城の中へと入っていく。

でもさ、心配してくれているんだよ。優しい兄と姉だ。ちょっと、面倒だけどさ。

「リリ、おかえり」

「クーにーしゃま。ただいまでしゅ」

俺の部屋の前にクーファルが待っていた。

「うん、もう元気そうだね」

「はい」

「オクソール、すまなかったね」

「いえ」

「止めたんだけどね」

「だいじょぶでしゅ。にーしゃまもねーしゃまもボクを心配してくりぇてりゅのは分かりましゅ」

「リリ！」

「リリー！」

「テユーにーしゃま、フォリユにーしゃま」

みんな来ちゃったか。心配してくれていたんだな。有難う。

「リリお帰り！」

「お帰り、疲れてないか？」

「オクソール！　お前いつもさぁ……」

「オクソール！　ズルイわ！」

ああ、ほら。フレイやフィオンも来てしまった。兄弟が集合しちゃったよ。

「リリ、今日は姉様と一緒に寝ましょう！」

「フィオン、何言ってんだよ！　リリは俺と寝るんだ！」

「アハハハ。リリ、どうすんの!?」

「フレイ兄様もフィオン姉様もリリは疲れてますから」

「テュール、だから一緒に寝るんじゃない」

「それは、俺だって」

「ああもう、オクソール。良いから部屋に入りなさい」

「はい、クーファル殿下。後は頼みます」

オクソールとニルが無理矢理部屋に入りバタンとドアを閉めた。

「オク、いいの？」

「はい、キリがありませんから」

「クーファル殿下がおられるので大丈夫ですよ」

もう俺は、ニルに手早く着替えさせられている。

「じゃ、おやしゅみなしゃ〜い」

まさか、翌日強硬手段に出たフィオンに拉致られるとも知らずに、俺は夢の中へ。

本当、有難いんだけどさ。何でも程々ってもんがあるよね。


リリアスを寝かしつけオクソールが部屋から出てきた。

「オクソール、リリは寝たか？」

ドアの外にいたのは、フレイ、クーファル、フィオン、テュール、フォルセ、勢ぞろいだ。

「まだ皆様いらしたのですか？」

「当たり前だろう。あんな事があった後なんだから心配じゃないか」

「フレイ兄上、声が大きいです」

「そうよ、お兄様。リリが起きちゃうじゃないですか」

「フィオン、お前だって声が大きいんだよ」

「兄様、姉様、うるさいですよ」

「フォルセ、お前手厳しいな」

「あ！　クーファル兄様。１人ズルイです！」

皆が言い争っているのを余所に、クーファルはそっと部屋へと入っていく。

クーファルが入っていくと当然の様に皆も後に続く。

ニルが口に人差し指を当てて無言で注意をしている。

そして5人は、リリの寝顔をそっと覗き込む。

「よく寝ている……」

「でもクーファル兄様、夜中に泣いて起きちゃうかも知れないわ」

「フィオン姉様、一緒に寝るつもりですね？」

「当たり前じゃない」

「フィオン、止めておけ」

「フレイ兄様、どうしてですか？」

「リリに嫌われたくないだろう？」

「もちろんです」

「じゃあ、止めておけ」

フレイとフィオンが揉めている間に、クーファルはリリアスの枕元へと移動する。結局1番リリアスの近くにいるのはクーファルだ。

「よく我慢した。頑張ったな、リリ」

「クーファル兄様……」

クーファルがそっとリリの頭を撫でる。

「あ、ズルイわ。クーファルお兄様」

「だから、フィオン。声が大きいって」

「もう、フレイ兄様もフィオン姉様もうるさいですよ」

「また、フォルセ。お前もう少し優しくしてくれないか」

「見てください。リリがよく寝てますよ」

「ああ、テュール。本当だ」

「良かったわ」

「はい、本当に」

ニルは少し離れたところから心配そうに見ている。

お願いだから、起こさない様にと……

それでも兄姉達はリリアスから離れようとはしない。

1番近くにいたクーファルがベッドに手をつき寝顔を覗き込んだ時だ。リリアスが寝返りを打ち、そこにあったクーファルの手を握った。

「小さな手だ」

クーファルはリリアスの手をそっと握り返す。

「リリ、ゆっくりお休み」

そう言って、寝顔を優しく見つめた。

「クーファルは、いつもいいとこ持っていくよな」

「姉様はいつだってリリを守ってあげるわ」

「俺だってリリを守りますよ」

「僕は一緒に遊ぶんだ」

「大丈夫だ、みんなついている」

「ああ、何があってもな」

「兄様達がいる。だから、安心して大きくおなり」

5人はニルが退出を促すまで、ずっとリリアスの寝顔を見守り続けていた。

あとがき

はじめまして。こんにちは。

本書『ボクは光の国の転生皇子さま！　～ボクを溺愛すりゅ仲間たちと精霊の加護でトラブル解決でしゅ～』をお手にとっていただいた皆様、有難うございます。

撫羽と申します。


はじめてのあとがきで何を書いてよいのか分からず、緊張しています。

今から数か月前、1つのメッセージが届きました。アース・スターノベル編集の方から審査員賞受賞のメッセージです。

目を疑いました。一体何が起こっているのか。え？　新手の詐欺？　なんて、動揺しました。奇跡が起こっているのかと思いました。スマホを持つ手が震えました。

その後、発表があり本当に、アース・スターノベル大賞　審査員賞を頂いたのだと実感しました。

ご存知の方もおられると思いますが、このお話は『小説家になろう』にて公開しているものを、加筆修正したものです。現在も同サイトで公開中です。

私が書き始めた頃は、悪役令嬢ものが全盛期でした。そんな中で、迷わずストレートに正しい事を選択する小さな皇子さまのお話しがあっても良いじゃないか、という軽い気持ちで書き始めました。

リリは選択を迷いません。迷わず、人を助けます。国や種族に関わらずです。それはある意味、勇気が必要な事なのかもしれません。偽善に見えてしまうかもしれません。

物語の始まりはリリが3歳です。言葉も辿々しい設定です。読み辛い事もあるでしょう。りんごジュースが大好きって、なんてふざけた設定なのでしょう。自分が好きだから、えぇ～い、リリにも飲ませちゃえ～！的なノリです。今から思うとなんて軽い気持ちで書いていたのかと、恥ずかしくもなります。

幸い、沢山の方に読んでいただき、主人公リリを受け入れてもらえました。リリがまるで自分の子供の様に可愛く感じる様になってしまいました。

そんなリリの物語の書籍化作業は、私にとってはとても勉強になり幸せな時間でした。

書籍化するにあたり、リリをよく理解し力を貸して下さった担当編集さん、そしてリリをとても可愛く描いてくださり命を吹き込んでくださったｎｙａｎｙａさん、本当に有難うございました。

また、ｗｅｂサイトで応援コメントを下さった方々、有難うございます。

沢山の方々に支えられ、書籍化する事ができました。

関わって下さった皆様に感謝を申し上げます。

最後になりましたが、この本を手に取って下さった皆様、本当に有難うございます。

この後もリリはどんどん大きくなっていきます。5歳、10歳、そしてラストは!? 書籍版でも、リリの成長を皆さまとともに見守っていける事を願っております。

心から感謝申し上げます！

すご〜く大きくなったルー
すーはー
何か丸い…
もフりたい人生でした
2023年5月
nyanya
※代役
リリ

EARTH STAR LUNA
アース・スタールナ
辺境の貧乏伯爵に嫁ぐことになったので
領地改革に励みます
～ドラゴンと公爵令嬢～
As I would marry into the remote poor earl,
I work hard at territory reform
第1巻発売中!!
作品詳細はこちら→
著:花波薫歩
イラスト:ボダックス

EARTH STAR
LUNA

ボクは光の国の転生皇子さま！
～ボクを溺愛すりゅ仲間たちと精霊の加護でトラブル解決でしゅ～

発行 ―――――― 2023年6月1日　初版第1刷発行

著者 ―――――― 撫羽

イラストレーター ―――― nyanya

装丁デザイン ―――― AFTERGLOW

発行者 ―――――― 幕内和博

編集 ―――――― 島玲緒　及川幹雄

発行所 ―――――― 株式会社アース・スター エンターテイメント
〒141-0021　東京都品川区上大崎3-1-1
目黒セントラルスクエア　7F
TEL：03-5561-7630
FAX：03-5561-7632
https://www.es-luna.jp

印刷・製本 ―――――― 図書印刷株式会社

ISBN 978-4-8030-1797-7